60 anos depois

CIP-BRASIL. CATALOGAÇÃO NA FONTE
SINDICATO NACIONAL DOS EDITORES DE LIVROS, RJ

C711s

Colting, Fredrik
  60 anos depois : do outro lado do campo de centeio / Fredrik Colting ; tradução Ana Ban. - Campinas, SP : Verus, 2010.

  Tradução de: 60 years later : coming through the rye
  ISBN 978-85-7686-100-3

  1. Ficção inglesa. I. Ban, Ana. II. Título: Sessenta anos depois.

10-4710
CDD: 823
CDU: 821.111-3

Fredrik Colting

60 anos depois
Do outro lado do campo de centeio

Tradução
Ana Ban

Título original
60 Years Later
Coming through the Rye

Editora
Raïssa Castro

Coordenadora Editorial
Ana Paula Gomes

Copidesque
Maria Lúcia A. Maier

Projeto Gráfico
André S. Tavares da Silva

Diagramação
Daiane Avelino

Ilustração da capa
Marcos de Mello

Copyright © Fredrik Colting, 2009
Publicado em acordo com Lennart Sane Agency AB.

Tradução © Verus Editora, 2010

Todos os direitos reservados, no Brasil, por Verus Editora.
Nenhuma parte desta obra pode ser reproduzida ou transmitida por qualquer forma e/ou quaisquer meios (eletrônico ou mecânico, incluindo fotocópia e gravação) ou arquivada em qualquer sistema ou banco de dados sem permissão escrita da editora.

VERUS EDITORA LTDA.
Rua Benedicto Aristides Ribeiro, 55
Jd. Santa Genebra II - 13084-753
Campinas/SP - Brasil
Fone/Fax: (19) 3249-0001
verus@veruseditora.com.br
www.veruseditora.com.br

Para J. D. Salinger, o mentiroso mais fantástico que você viu na vida

Agradecimentos

Gostaria de agradecer às seguintes pessoas: mãe Helena, pai Håkan, madrasta Elizabeth, padrasto Gerhard, irmão mais velho Jonas, irmãzinha maior Tina, irmãzinha menor Krystle, querido amigo Carl-Johan, futura esposa e filhos.

Agradeço ainda a Aaron e Molly Silverman, da SCB Distributors; a Ned Rosenthal, Maura Wogan, Cameron Myler e muitos outros da Frankfurt Kurnit Klein & Selz; a George Freeman e Itai Maytal, da The New York Times Company; a David H. Tomlin, da Associated Press; a Barbara W. Wall, da Gannett Co.; a Karen Flax, da Tribune Company; a Anthony T. Falzone, Julie A. Ahrens e Sarah H. Pearson, da Stanford Law School; a Rebecca Tushnet, do Georgetown University Law Center; a Jennifer M. Urban, da Samuelson Law, Technology & Public Policy Clinic; a Dan Hunter, da New York Law School; a Deepak Gupta e Gregory A. Beck, do Public Citizen Litigation Group; a Robert Spoo, da University of Tulsa College of Law; a Martha Woodmansee, da Case Western Reserve University; e provavelmente a muitos outros que escorregaram pelas fendas da minha mente distraída.

Prefácio

60 anos depois é um exercício literário sobre *O apanhador no campo de centeio*, um dos mais notáveis romances de todos os tempos, e sobre a relação entre o que provavelmente sejam os dois personagens mais famosos da América, Holden Caulfield e J. D. Salinger.

De muitas formas, Holden se tornou tão real quanto Salinger. Para a maioria de nós, ele é simplesmente um personagem ficcional que vive em nossa imaginação. Com *60 anos depois*, decidi levar a cabo a tarefa de desvendar o verdadeiro relacionamento entre Salinger e Holden e descobrir o que resulta quando um escritor cria um personagem e, não menos importante, a consequente responsabilidade do escritor em relação a suas criações.

Eu realmente acredito que *60 anos depois* tem muito a oferecer aos leitores no que diz respeito à relação entre Salinger e Holden. Devo mencionar que não sou pesquisador na área de literatura nem especialista em Salinger. Muitos especialistas em literatura analisaram e comentaram *O apanhador no campo de centeio* antes de mim. Eu fiz o mesmo, e o fato de que o fiz, na minha opinião, de maneira criativa e na forma de um romance não faz diferença. Havia questões que eu queria responder e, ao escrever este livro, encontrei um local para explorar meu ponto de vista de maneira confortável e que, eu esperava, fizesse sentido também para as outras pessoas. Acho que o fato de *60 anos depois* ser um romance – o que o torna acessível a um grande público – é o que o faz singular e uma excelente oportunidade de explorar em profundidade *O apanhador no campo de centeio*.

Eu vejo este livro como um Frankenstein moderno, no sentido de que a criatura se tornou maior que o criador. Ao transformar o precoce e autêntico Holden em um homem de 76 anos cheio de indecisão e insegurança, *60 anos depois* esmiúça e critica a estatura icônica tanto de Salinger quanto de seu personagem mais famoso. Todo mundo tem uma opinião sobre Holden, personagem que serviu de base para diversos outros, em livros e filmes. Quando penso nele, vejo-o como um rebelde, no bom sentido – eu o admiro por se recusar a se entregar. Em outras ocasiões, eu me pergunto o que há de tão extraordinário em um garoto mimado de 16 anos. Holden age como se o mundo girasse a seu redor.

Ao pôr Salinger na história, pude enxergar melhor como a verdadeira relação entre Holden e ele se desenvolveu. Na dança entre as duas dimensões – a realidade e a fantasia –, muita coisa interessante acontece, e muitas questões são propostas. Por exemplo: O que é um personagem? O que acontece com os personagens quando fechamos o livro? Para onde vão? Existe outra dimensão, um lugar onde Holden, Ivanhoé e Patrick Bateman moram no mesmo condomínio? Um mundo em que Huck Finn e o Pequeno Príncipe jantam juntos todos os dias, como figurantes em um filme, esperando para retomar seus papéis, perguntando por que seus criadores nunca telefonam? Acho que jamais saberemos.

É claro que *60 anos depois* é muito mais que uma dissecação clínica de *O apanhador no campo de centeio*. Além de uma exploração da relação entre Salinger e Holden, este livro também é uma história sobre o envelhecimento, sobre a relação entre pai e filho, marido e mulher, criador e criatura, sobre família e sobre aquilo que está no cerne de todas as histórias: o amor.

Provavelmente não passou despercebido o fato de que *60 anos depois* esteve envolvido em uma ação judicial pela qual Salinger tentou impedir sua publicação. Claro que foi uma situação lastimável, e não tenho a intenção de importunar Salinger e perturbar a paz de um idoso, coisa que ele parece estimar acima de tudo.* Obviamente, este livro não é uma cópia de *O apanhador no campo de centeio*. Ele tem sua própria e singular história e se sustenta por si só. Minha opinião é de que todo mundo cria alguma coisa. Sejam pintores, atores, arquitetos ou escritores, todos têm algo em comum: criam para inspirar os outros. A inspiração para a escrita vem de todos os lugares. Nós lemos, observamos árvores, vemos uma linda mulher encostada numa parede. Salinger é um grande artista, e é isso que grandes artistas fazem – inspiram os outros a criar. Essa é a beleza da arte, e é o que faz de Salinger e sua obra tão belos.

Fredrik Colting

Se você tiver perguntas ou comentários a fazer, fique à vontade para me escrever: jdcalifornia@mail.com

---

* Este livro foi originalmente publicado antes da morte de J. D. Salinger, ocorrida em 27 de janeiro de 2010. (N. do E.)

Abro os olhos e, assim, sem mais nem menos, estou acordado.

Vou trazê-lo de volta. Depois de tantos anos, finalmente resolvi trazê-lo de volta.

3

Parece que acabei de fechar os olhos e, ao mesmo tempo, é como se eu estivesse dormindo há séculos. Estico o corpo, respiro fundo e percebo que minhas costas estão meio doloridas. Talvez tenha dormido na posição errada de novo; isso sempre acontece comigo. Às vezes acordo de manhã e meu braço dormiu, então eu o pego com o outro braço e o sacudo até que ele volte à vida. Realmente, é uma sensação bem estranha não sentir o próprio braço.

Acho que é porque não faço muito exercício. Não faço, não faço mesmo. Nunca fui muito atlético, mas ultimamente a coisa piorou ainda mais. Passo a maior parte do tempo aqui mesmo, deitado nesta cama, dormindo ou escrevendo, ou só observando as nuvens do lado de fora da janela. Mas parei de fumar, é. Não fumo nenhum cigarro desde que cheguei aqui, então, em um aspecto, as coisas não podem estar assim tão ruins. Pelo menos não quando se pensa em quanto eu fumava na outra semana mesmo. Mas, bom, acho que é por isso que meu braço dorme desse jeito. Eu realmente devia começar a me exercitar.

Não sei dizer exatamente o que é, mas tem um cheiro ruim saindo de algum lugar no quarto. Talvez seja um sanduíche velho ou alguma coisa que consegui derrubar embaixo da cama. Preciso me lembrar de pedir que deem uma olhada lá embaixo quando vierem fazer a limpeza mais tarde.

Imagino que seja cedo pra caramba, mas ainda deve ser de madrugada. Está tão escuro que mal consigo ver a porcaria da minha mão na frente do rosto. Quando estico o braço para acender a luz, minha mão passa pelo tampo da mesa onde deixei o caderno na noite passada, mas não consigo encontrar o interruptor. Fico procurando pela mesa toda, vou até a cabeceira da cama, volto, percorro a mesa com a mão mais uma vez e mesmo assim não o encontro. Está tão escuro que não consigo nem achar meu caderno, e a única coisa que consigo fazer é derrubar um objeto no chão. Ouço o barulho quando ele cai e se desfaz em mais ou menos um milhão de pedacinhos.

Caramba, tento dizer a ninguém em especial, já que tenho um quarto só para mim e tudo o mais, mas só consigo soltar um coaxo. Minha voz soa seca e estridente, e o que realmente me seria útil é um copo de água. Se pelo menos eu conseguisse encontrar a porcaria do interruptor do abajur, poderia me levantar sem destruir o quarto inteiro.

Sinto a bexiga como se fosse um balão inchado dentro de mim, tiro as cobertas de cima do corpo e deixo as pernas caírem sobre a beirada da cama. Tem mesmo um cheiro ruim no quarto; agora o sinto ainda mais forte. Não é um odor assim tão pungente, mas está muito presente, de um jeito que não dá para escapar, por mais que eu vire a cabeça para outro lado.

Do jeito que minhas costas estão doendo, fico imaginando se não aconteceu nada comigo ontem. Parece que um trem ou algo parecido passou por cima de mim, mas não consigo me lembrar de nada fora do comum que tenha acontecido. Passei a maior parte do tempo aqui, tirando as duas vezes que fui até o refeitório, e foi só um dia igual a todos os outros neste lugar.

A única coisa que teve de diferente ontem, que consigo me lembrar, é que acabei de contar todas as coisas malucas que aconteceram comigo ultimamente. Escrevi tudo no caderno, aquele que não encontro agora por causa desta porcaria de escuridão que está aqui.

D. B. veio aqui no sábado passado e até ele ficou me perguntando a respeito disso, mas eu não sabia o que responder a metade das perguntas que me fez. Quer dizer, nem sei por que faço metade das coisas que faço. Então, fiquei achando que era melhor escrever enquanto ainda lembrava a maior parte, e acabei ontem. Talvez algum dia eu publique e me torne famoso, igualzinho a D. B., mas nunca vou me vender a Hollywood como ele fez, nem que me deem um carro novo que venha com uma garota de filme. A gente precisa ter certos princípios, mesmo quando se é famoso. Precisa, de verdade.

Talvez eu esteja ficando gripado ou algo assim, e é por isso que sinto o corpo todo pesado, que minhas costas doem e tudo o mais. Ah, mas isso seria mesmo perfeito. Venho para cá para melhorar e o que acontece? Pego uma gripe. Minha mãe e meu pai vão ter um ataque.

Não dá para acreditar em como me sinto desperto, apesar de ser tão cedo. Geralmente consigo passar metade do dia dormindo, e isso costuma não me incomodar nem um pouco, mas agora parece que dormi o suficiente para uma vida inteira. Se pelo menos conseguisse encontrar a droga do interruptor... Preciso realmente chegar ao banheiro logo, porque minha bexiga está me matando.

Eu me levanto e me desloco pelo piso com cuidado, com os braços estendidos à frente. Devo estar parecendo completamente ridículo, mas isso é mesmo a minha cara, topar direto com alguma quina e machucar a perna, além de tudo. Eu esqueço completamente que tinha derrubado alguma coisa e piso bem em cima, e parece que são umas pedrinhas ou algo assim que grudam na sola dos meus pés até eu ficar mais ou menos um dedo mais alto. Tenho sorte por não ser vidro ou coisa parecida. Quando chego à parede, preciso parar, erguer um pé de cada vez e usar a mão para tirar os pedacinhos, seja lá o que forem.

Meu corpo realmente parece esquisito e pesado; é possível que seja mesmo uma gripe. Ouvi o pessoal falando outro dia de umas pessoas no segundo andar que tinham pegado uma gripe e precisaram ficar afastadas do refeitório.

Encontro a porta do banheiro, mas quando tento entrar não consigo, porque tem um monte de lixo no caminho. É sério, é um muro de lixo que vai dos meus pés até a cabeça, e durante mais ou menos um segundo fico confuso de verdade. E daí, mais ou menos com a mesma rapidez, percebo que devo ter aberto a porta do guarda-roupa. Nesta porcaria de escuridão, eu poderia ter ido até a sacada e feito xixi, e nem teria percebido. Quer dizer, se eu tivesse sacada, coisa que não tenho.

Encontro a porta certa um pouco mais para frente, mas daí acontece uma coisa estranha. Espero que você não ache que estou inventando tudo isso ou algo assim – realmente já deixei essa mania para trás, mas confesso que tinha o costume de agir dessa forma o tempo todo, antes. Mas é que tudo no banheiro parece ter trocado de lugar durante a noite. A privada não está logo à direita quando se entra, como sempre esteve; em vez disso, está mais para frente, seguindo a parede. É ainda mais estranho o fato de o boxe do chuveiro ter passado de um lado para o outro do banheiro, e nem aqui consigo encontrar a porcaria do interruptor de luz. Devo mesmo estar pegando uma gripe muito forte.

Nem me dou o trabalho de procurar a luz; me inclino por cima da privada e sinto a porcelana fria como gelo contra as canelas quando coloco o corpo para a frente e escuto a água bater na água. Não dá para acreditar no pouquinho que sai de mim. Pela dor que estava sentindo na bexiga, dava para pensar que ia ficar mijando durante pelo menos meio minuto. Mas acabou tão rápido que quase me senti traído.

Fico com as mãos estendidas ao sair do banheiro e voltar para o corredor mais uma vez. A esta altura, meus olhos realmente já deveriam ter se acostumado com a escuridão, mas isto aqui é diferente de qualquer escuridão que já tenha visto. Estou dizendo, está preto feito breu. A única luz que consigo enxergar é um pontinho vermelho no chão, embaixo da escrivaninha. Parece que realmente poderia estar a mil anos-luz de distância, flutuando sozinha no meio de toda aquela escuridão, e não ser só uma luz embaixo da escrivaninha.

Estou com muita sede e não quero entrar de novo em outro quarda-roupa a caminho da cozinha, então tateio a parede do corredor até finalmente encontrar o interruptor. No começo o clarão me cega e continuo sem conseguir enxergar nada, mas depois de alguns segundos me acostumo e finalmente consigo enxergar o quarto.

Deve haver alguma coisa errada. Apago a luz e volto a acendê-la, mas algo continua errado. Será que me trocaram de lugar enquanto estava dormindo? Porque este aqui não é o meu quarto. Quer dizer, não estou reconhecendo nada aqui, nem mesmo o próprio quarto.

Estou em algum tipo de apartamento pequeno, mas com toda a certeza não é o mesmo lugar em que caí no sono há apenas algumas horas. Este aqui deve ser um prédio completamente diferente. Pensando bem, é isso mesmo que parece, o apartamento de alguém.

É tão pequeno que dou uma volta inteira no lugar só com uns dois passos. Examino o corredor, onde há alguns pares de sapatos no chão e alguns casacos e chapéus no cabideiro, e então, quando entro no quarto, vejo uma cozinha minúscula à esquerda, onde não daria para cozinhar nada, nem que você quisesse. Daí entro no quarto em si, que tem uma escrivaninha e algumas cadeiras, uma estante de livros e, é claro, a cama.

Fico parado no meio do quarto e sinceramente não sei em que acreditar. Onde estou e como vim parar neste apartamento? Talvez tenha havido um incêndio e eles precisaram evacuar o lugar muito rápido, e, como me recusei a acordar, simplesmente me transferiram. É uma possibilidade, mas, então, onde diabos eu estou?

Vou até a escrivaninha e examino as fotos emolduradas arranjadas em fileira ali. Eu me aproximo e olho cada uma delas com atenção, mas não me dão nenhuma pista, porque não faço a menor ideia de quem diabos são as pessoas que estão nelas. Quando me viro, meu pé bate em alguma coisa e olho para baixo. À minha frente, no chão, está um frasco de comprimidos vazio e um monte de pilulazinhas. Parecem mil coisinhas cor-de-rosa, todas espalhadas pelo chão. Então foi isso que derrubei antes.

Devo estar em outra ala. Quanto mais penso na questão, mais faz sentido. Este lugar é enorme, para começo de conversa. Lembro que a namorada nova de D. B. demorou séculos só para ir ao banheiro feminino na outra ala. Tenho certeza de que é só alguma coisa trivial, como um vazamento de água, uma janela quebrada ou algo assim, e imediatamente começo a me sentir um pouco melhor.

Acho que eu deveria andar logo e recolher esses comprimidos antes que a pessoa que realmente mora aqui volte e fique muito brava e tudo o mais. Então me abaixo e pego o frasco vazio, e, ao fazê-lo, vejo o nome que está impresso na receita. Está escrito em uma etiqueta de papel em letras maiúsculas pretas, e demora alguns segundos para eu perceber que é meu próprio nome. Mas, na verdade, não tenho tempo de refletir sobre a questão, porque ao mesmo tempo reparo em meus braços.

Enquanto leio o texto no frasco, percebo que há algo de muito errado com meus braços. Minha pele está toda eriçada e coberta de manchinhas escuras, quase como sardas, e está solta e mole, como se meus braços tivessem encolhido dois tamanhos durante a noite e a pele não tivesse tido tempo de acompanhá--los. As veias que cobrem minhas mãos estão muito visíveis, quer dizer, estão meio saltadas, e em volta dos nós dos meus dedos a pele ficou toda enrugada e amassada.

Sinto a cabeça começar a girar e me sinto confuso de verdade. Estes braços não são meus; estes não são meus braços de jeito nenhum. Da mesma maneira que esta porcaria deste quarto não é minha.

Largo o frasco vazio de novo no chão e corro para o banheiro. Desta vez, encontro o idiota do interruptor no mesmo instante e me coloco na frente do espelho. O que vejo quase me faz cair para trás.

Não sou eu que olho para mim, e sim um velho. Minha pele, meu cabelo, meu rosto, meu tudo está coberto pelo corpo de um velho. Meu cabelo ficou com uma cor meio branca elétrica, os fios ficaram muito ralos, e meu peito parece que está pronto para ser chupado para dentro. Enxergo minhas costelas, e os ossos de meus ombros se projetam por baixo da pele. E minha pele, minha pele se transformou em um saco amarelo murcho. Pareço um frango depenado.

Por um instante só fico lá, parado, olhando para o velho que retribui o meu olhar. Ele tem uma espécie de ar amedrontado no rosto, mas não estou nem aí. Quer dizer, foi ele que tomou conta do meu corpo, não o contrário. De repente, o silêncio se tornou insuportável. Tenho vontade de berrar para pelo menos poder escutar minha própria voz. Abro a boca e tento, mas não sai nada. Forço com o estômago até meu rosto ficar de um tom avermelhado, ou pelo menos é isso que acontece com o rosto velho que olha para mim do espelho, mas não consigo colocar nenhuma palavra para fora. Parece que tem um muro na minha garganta bloqueando qualquer coisa que queira sair.

Fico com a boca aberta e reparo que é de lá que o cheiro ruim está saindo. Eu me transformei em uma espécie de monstro com a carne apodrecendo e não sei que diabos fazer. Será que chamo a enfermeira? Sei que ela vai ficar meio morta de medo quando chegar, vai chamar o médico, e aposto que em um segundo o caos vai se instalar neste lugar.

Meus pais vão ter mais ou menos uma hemorragia cada um quando descobrirem.

Quando penso nos meus pais, de repente começo a dar risada. Sei que não deveria, mas a coisa simplesmente borbulha dentro de mim e não consigo impedir. De algum modo o muro se foi e ouço minha risada rouca e seca ecoar pelo banheiro, e então isso me faz rir mais ainda. Tenho um acesso de riso, não por achar engraçado o fato de que meus pais vão perder a cabeça quando receberem o filho de volta como um velho, nem porque minha voz soa como a de um marinheiro bêbado, mas porque percebo que isso não passa de um sonho.

4

Tento me lembrar de quando fui dormir, mas não me vem nada sobre ontem à noite. Bom, isso não é bem verdade, já que ainda tenho o mesmo sonho de batidinhas desde o dia em que saí de Pencey, duas semanas atrás, só que isso não é nada de novo. Mas, tirando esse fato, está tudo completamente em branco.

Sobre este sonho. Acho que talvez seja por causa da natureza dele que sua lembrança me seja tão vívida, mas também pelo simples fato de que é o único sonho que tive na vida. Claro que não posso compará-lo com nada além dos sonhos esquisitos que Phoebe fica me contando, mas, de qualquer forma, é um sonho estranho. Não é sobre uma pessoa nem sobre um lugar, e não inclui imagens nem vozes de qualquer tipo. É um sonho sobre um som, um simples som de batidinhas, como se estivessem usando as teclas de uma máquina de escrever antiga.

Isto é tão louco, o fato de eu ainda estar dormindo e saber disso ao mesmo tempo em que está acontecendo!

Não posso esperar para contar isso para D. B. ou para Phoebe, mas aposto um dólar como não vão acreditar em nada do que eu disser. Acho até que tem um nome para isso, sabe, quando você realmente percebe que está sonhando enquanto sonha, mas não consigo lembrá-lo agora.

Olho para o velho no espelho e parece que estou recostado, assistindo a um filme, apesar de sentir minha respiração. O velho parou de dar risada, mas o ar ainda sai meio que chiando do meu peito, ou do peito dentro do qual estou neste momento.

Dou mais uma volta pelo apartamento e já não me importo com os comprimidos, então deixo tudo no chão. Agora as coisas estão fazendo sentido, acordar em um lugar diferente como este, sem nem encontrar a porcaria do interruptor. Imagino quanto tempo vai durar, e se devo me deitar para não cair ou algo assim. Quando eu acordar, quer dizer. Seria mesmo a minha cara fazer uma idiotice dessas. Mas, pensando bem, percebo que já devo estar na minha cama e só estou sonhando que estou andando por este lugar desconhecido.

Vou até a estante e examino os livros rapidamente. É uma bela coleção, devo dizer; não tem muitos, mas parece que vale a pena ler a maior parte, apesar de nunca nem ter ouvido falar de muitos deles. Ainda assim, simplesmente sei que são livros bons.

Vou até a escrivaninha e olho as fotografias de novo. Pego cada porta-retrato e examino cada pessoa de perto e, desta vez, há algo nelas que me parece familiar, mas não sei dizer exatamente o quê. Vou até a janela e tento olhar para fora, mas ainda está escuro demais para enxergar qualquer coisa, então simplesmente caminho por todo o pequeno apartamento, sentindo-me pesado e duro, experimentando o sonho que estou tendo.

Mais uma vez, me lembro de como estou com sede. Tomo um copo de água na cozinha, e o gosto é absolutamente normal.

Dá até para sentir o líquido gelado escorrer da garganta para dentro do estômago.

Não faço ideia de quando vai acabar, de quando o sonho vai começar a se desfazer e eu vou acordar. Neste momento me sinto mais acordado do que nunca, então acho que só preciso esperar para ver.

Belisco meu braço, e a pele dentro da qual estou é tão mole e solta que fico com um bom pedaço dela entre os dedos. No começo, não belisco com muita força, mas daí realmente mando ver e sinto arder. Quando solto, demora um pouco para ela voltar ao que era antes, e, quando finalmente volta, vejo que meus dedos deixaram uma marca vermelha no braço. Mas continuo dormindo do mesmo jeito.

Não há muito o que fazer aqui e já estou bem cansado deste sonho e deste apartamento besta. Quer dizer, seria diferente se fosse qualquer outro sonho, como um sonho que acontecesse em algum país exótico, ou um sonho em que eu pudesse voar ou algo assim, qualquer coisa mesmo, menos ser um velho. Afinal, quem é que sonha em ser velho?

Volto para a cama e me deito em cima da coberta com os braços atrás da cabeça. Minhas costas doem menos quando me deito desse jeito. Vejo pela janela que está começando a ficar mais claro lá fora, mas, de onde estou, não consigo enxergar muito mais do que uma sopa em tom azul-aço. Fecho os olhos e tento voltar a dormir. Calculo que, se fechá-los e tentar retraçar exatamente o mesmo caminho pelo qual vim, meio que percorrendo de trás para frente os pensamentos na minha cabeça e fazendo tudo ao contrário, talvez consiga chegar ao lugar de onde comecei. É simplesmente lógico, de verdade.

Então, puxo as cobertas até embaixo do queixo, fico com os olhos fechados e penso em todas as maluquices que aconteceram comigo perto do último Natal, antes de eu ficar tão acabado a ponto de ter que vir aqui para descansar. Tento enxergar meu quarto com as duas janelas enormes, minha mesinha de cabeceira com meu caderno em cima, sem nenhum comprimido idiota, e minha cama com as molas que rangem e fazem um barulho horroroso cada vez que me viro em cima delas. Tento ver até as rodinhas que ficam embaixo de cada um dos pés da cama, para o caso de precisarem levá-la a algum lugar. Mas nunca precisaram; levar minha cama rodando para qualquer lugar, quer dizer. Tento me concentrar em todas essas coisas e sinto o que senti a noite passada, repassando tudo que aconteceu ultimamente. Preciso simplesmente voltar para trás, alguns passos, só isso, e vou estar de volta rapidinho.

Fico deitado desse jeito, imaginando o meu quarto, durante o que parece ser uma eternidade, mas nada acontece. Abro os olhos, vejo o topo das árvores através da luz do crepúsculo e percebo que não está dando certo. Droga, estou acordado demais para conseguir voltar a dormir.

Ninguém vai acreditar quando eu contar isso. Vão achar que enlouqueci completamente neste lugar, em vez do oposto. Não que alguém saiba onde estou, mas, mesmo assim, se eu falar sobre isso, simplesmente vão achar que estou inventando tudo. E suponho que, de certa maneira, terão razão. Quer dizer, de certa forma, eu realmente estou inventando tudo isso. É o meu sonho, não é?

Por ser um sonho, é estranho como as coisas podem parecer tão reais. Sinto tudo como se fosse muito real. A maneira como minha mão toca as coisas, como meu bafo fede e como o dia fica mais claro cada vez que olho para fora. Acho que simplesmente vou ter que esperar até que acabe sozinho. Só sei que não posso ficar mais nem um segundo nesta cama besta e fingir que estou dormindo, ou vou ficar louco de verdade, e daí nunca mais vou sair deste lugar. Quer dizer, do lugar em que estou *na verdade*.

Eu me levanto e me coloco perto da janela para observar o dia amanhecer, mas só consigo ver um jardim pequeno e, depois dele, o começo de uma floresta fechada. O sol está tentando irromper pelas árvores, mas não é um sol de verdade, como o de um dia de verão; em vez disso, o que se levanta atrás dos pinheiros parece mais uma massa cinzenta luminosa. É o tipo de sol que faz você passar o dia todo com os olhos apertados só para aguentar o tédio.

É uma sensação muito esquisita mesmo, devo dizer. Acho que nunca me senti tão esquisito em toda a minha vida besta de 16 anos. É o tipo de sonho estranho em que tudo parece possível. Por exemplo, quando olho para o outro lado do jardim, enxergo uma senhora vestida só com um penhoar. Ela está descalça na grama, erguendo e abaixando os braços até o chão, como se estivesse pendurando uma roupa imaginária no varal. Nem fico surpreso. A essa altura, não me surpreenderia se um elefante cor-de-rosa com asas saísse voando da floresta. Não mesmo, de verdade.

Então talvez seja apenas um daqueles sonhos em que você é capaz de voar e atravessar paredes. Quer dizer, eu não tentei, mas talvez seja. Encosto a testa na janela, depois a ponta do nariz, e meio que pressiono o rosto contra o vidro cada vez com mais força, para ver se consigo atravessá-lo. Bom, se eu realmente conseguir, vou ficar histérico com certeza, mas ao mesmo tempo vai ser demais. Passo as mãos pelo vidro, perto do meu rosto, e cada vez que as enxergo não acredito nos meus olhos. Uso os nós dos meus dedos velhos e enrugados para bater no vidro, mas ele continua tão sólido quanto é quando estou acordado, e tem o mesmo som oco.

Estou tão entediado que vou até a escrivaninha para olhar as fotografias mais uma vez. Pego os porta-retratos um por um e os examino de perto; cada vez que olho para eles, parecem mais familiares do que da última vez, mas suponho que seja natural. Tem uma foto de uma mulher mais velha que quase sou capaz de jurar que conheço de algum lugar. Talvez seja uma das enfermeiras ou algo assim, e este seja o quarto dela. Mas então, por que eu sonharia com uma enfermeira velha e com o quarto dela? Tem uma foto de outra mulher mais velha que não reconheço nem um pouco, e depois uma mais nova com um monte de crianças pequenas ao redor. Todo mundo parece meio esquisito, com as roupas engraçadas que usam e tudo o mais, como se não fossem daqui, mas de um lugar distante, como a Alemanha ou algo assim.

Pensando bem, a maior parte das coisas neste lugar parece meio esquisita. Pegue a TV na estante, por exemplo. De certa forma, tem uma aparência estranha que eu não sei descrever, mas só de olhar para ela sei que tem alguma coisa de estranho nela. É a mesma coisa com a cozinha e com os eletrodomésticos minúsculos que estão lá. Não sei para que serve metade deles. Em cima do balcão, parece que tem um tipo de forno, mas é muito minúsculo e meio que se parece com a TV, daquele mesmo jeito estranho, e quando acendo as luzes no banheiro e olho para mim mais uma vez, tudo ali parece tão... como é mesmo a palavra? Reluzante. É, as coisas aqui são assim, reluzentes. Aliás, faz com que eu fique pensando onde diabos este sonho está se passando. Talvez eu esteja mesmo na Alemanha.

Mas posso muito bem estar a bordo de uma espaçonave, até onde eu sei.

Acho que consigo enxergar partes de mim mesmo quando olho no espelho. No começo eu não conseguia, mas, agora que estou olhando fixo para um detalhe de cada vez até meus olhos ficarem desfocados, acho que sou capaz de enxergar partes de mim mesmo, ainda que embaixo de toda essa coisa velha.

Engraçado, eu nunca cheguei a imaginar como seria ser velho, então, de certo modo, acho que é bom poder experimentar agora e não só quando já for tarde demais. Até onde eu sei, provavelmente existem toneladas de coisas a aprender, porque a gente fica velho e precisa saber. Quer dizer, a última coisa que eu quero quando envelhecer é ficar igual ao velho Spencer, arrastando os pés de um lado para o outro, de roupão, mostrando a porcaria do peito para todo mundo. Mas agora eu o entendo um pouco melhor, por causa de tudo que aconteceu comigo. E não estou falando só deste sonho, apesar de isto ajudar bastante. Por exemplo, toda vez que me inclino para baixo, meus joelhos doem pra caramba, e a dor nas minhas costas não melhorou nem um pouco e, quando tento respirar fundo, alguma coisa no meu peito bloqueia o ar.

Acho que dá para comparar ficar velho com uma casa abandonada e em ruínas com a qual ninguém mais se importa. Uma casa que as pessoas preferem demolir em vez de consertar os assoalhos que rangem e as goteiras no telhado. Mas acho que, na verdade, não dá para entender até você ter passado por isso. Então, de certo modo, este sonho não é nada ruim.

Mesmo assim, quando eu ficar tão velho quanto o velho sr. Spencer, ainda assim não vou ficar andando por aí só com uma porcaria de roupão e mostrando para a droga do mundo inteiro o meu peito besta todo enrugado.

Se eu realmente sentir o que sinto, devo dizer que não me sinto assim tão bem nem sei desde quando. A única coisa que está me incomodando neste momento, além de estar entediado, é o meu estômago. Estou com mais fome do que um regimento inteiro de, bom, não sei do quê, mas estou com uma fome dos diabos. Geralmente não como muito, principalmente no café da manhã, mas agora acho que poderia fugir de uma prisão comendo as paredes, se fossem feitas de pão e queijo. Parece que faz uma década que não como.

Fecho os olhos e imagino um prato cheio de torradas quentes, ovos mexidos e *bacon*, com um copo grande de suco de laranja. Vejo com tanta clareza que quase consigo sentir o cheiro, mas, quando abro os olhos, não tem nada na minha frente. Fecho-os e tento de novo. Desta vez, incluo um pouco de torta de maçã e tento desejar que esteja tudo em cima de uma bandeja à minha espera quando eu abrir novamente os olhos. Mas, quando os abro, a única coisa que vejo na mesa são as fotos. Ah, mas não seria maravilhoso simplesmente fechar os olhos e desejar que tudo aparecesse na sua frente? Deve ter alguma coisa que eu estou deixando passar com esse negócio todo de sonho, como um manual de instrução ou algo assim. Acho que por enquanto vou ter que me contentar com o antigo sistema.

Vou até a cozinha e abro a geladeira minúscula, mas está completamente vazia, tirando alguns potes de alguma coisa que eu não comeria nem se estivesse morrendo de fome, e estou falando sério. Quando fecho a porta, vejo um papel colado na frente da geladeira com várias caixas coloridas cheias de texto, com informações como a hora do *bridge* e mais um monte de coisas, e uma delas diz o seguinte: "Café da manhã, andar térreo, 7-10". Para mim está bom, desde que consiga alguma coisa para comer. Abro o armário e nem tento imaginar as roupas voando para fora e me vestindo enquanto eu só fico lá parado. Eu realmente queria que este sonho não envolvesse usar as roupas de outra pessoa, mas acho que não posso fazer muita coisa a respeito. Não sou fresco em relação a germes e coisas assim, de verdade; só que não me animo muito em vestir a cueca de outra pessoa. Pode me chamar de esnobe, mas é assim que me sinto, e, só para você saber, eu não vestiria nem se isto aqui não fosse um sonho.

Pego o que preciso no guarda-roupa e me troco. Escolho uma camisa azul-clara listrada que parece ter sido usada tantas vezes que ficou fina como papel. No começo, fico surpreso com o fato de tudo servir em mim bem certinho, mas daí, quando me dou conta de onde estou, a situação não parece assim tão espetacular.

Escolho os sapatos que têm menos cara de sapato de velho, coisa que é mais difícil do que parece, porque todos têm esse visual, e, ao sair, faço uma tentativa indiferente de atravessar a porta sem abrir.

Fecho a porta atrás de mim e saio direto em um corredor. Estou achando que este lugar é uma espécie de mistura entre hospital e hotel, porque o carpete é bem grosso e o papel de parede tem flores grandes que se curvam do chão até o teto. A única coisa que faz parecer mais um hospital do que um hotel é o corrimão que se estende pela parede e vai até o elevador.

Ouço uma música suave vinda de algum lugar de cima e ela me segue para dentro do elevador. Só há três botões para escolher, e aperto o do térreo, da sala do café da manhã. Talvez, depois de comer, eu saia para dar uma olhada e descobrir que tipo de lugar é este aqui na verdade.

Sinto o elevador sacudir e rezo para não emperrar. Ah, mas não seria mesmo o cúmulo? Ficar preso dentro de um elevador quando se está preso dentro de um sonho? Parece engraçado quando se pensa nisso, mas não estou brincando. Parece que esse tipo de maluquice sempre acontece comigo.

Olho o meu rosto no espelho e, sem pensar, minha mão se ergue e empurra uma mecha de cabelo branco para o lado. Por um segundo, me sinto como se fosse eu mesmo, porque costumo fazer isso com o cabelo. Daí percebo que, na verdade, sou eu mesmo; só estou temporariamente do outro lado.

Viro logo à direita quando saio do elevador e, de algum modo, sei que preciso virar à esquerda e de novo à direita para chegar ao salão do café da manhã. Acho que ainda é bem cedo, e é por isso que não encontro mais ninguém no caminho. Pensando bem, não vi ninguém neste sonho, tirando a senhora no jardim.

Mas, quando entro no salão do café da manhã, vejo que não estou sozinho. Lá do outro lado, bem na ponta de uma mesa comprida, vejo um senhor de idade com um barrigão. Para dizer a verdade, ele tem um jeito bem engraçado. A barriga dele é tão grande que não consegue se acomodar totalmente embaixo da mesa. Ele precisa se esticar para frente e forçar o pescoço para alcançar a comida, que equilibra em um garfo na frente do rosto. Fico observando durante um tempinho e, na verdade, é um círculo vicioso. Quanto mais ele come, maior a barriga fica, e mais ele tem que se esforçar para chegar à comida. Não faço ideia do que isso pode significar, mas não posso deixar de pensar que é o cúmulo me colocar em um sonho em um lugar cheio de gente velha. Aliás, detesto esta expressão: "o cúmulo".

Mas, agora que estou aqui, é melhor aproveitar o café da manhã, que é servido em um desfile de tigelas em um balcão comprido. Pego um prato, que começo a encher com ovos mexidos até mais ou menos metade. Continuo com uma camada de *bacon* e depois ajeito uma pilha de torradas do lado e mais ou menos um balde cheio de manteiga. Para completar tudo, sirvo um copo cheio de suco de laranja.

Fico meio sem jeito na hora de escolher o lugar para sentar; há tantas cadeiras vazias, e seria quase falta de educação não sentar com o homem de aparência engraçada, apesar de ser só um sonho. Então, vou até a mesa onde ele está sentado, quer dizer, só por ir. Além do mais, na verdade até que seria legal ter companhia para comer.

Quando ele vê que estou me aproximando, acena com a cabeça para mim, quase como se a gente se conhecesse. Aceno de volta, pouso a bandeja, mas não digo nada. Para falar a verdade, não gostei muito da minha voz, do jeito que ela parece pronta para falhar a qualquer segundo.

É a primeira vez que isso me acontece, de estar com toda esta porcaria de fome em um sonho e tudo o mais. Ataco a torrada e os ovos com *bacon* com uma determinação ferrenha e, à medida que vou enfiando carregamentos pesados na boca, meu corpo começa a se sentir melhor. Termino a pratada toda em um minuto ou algo assim e, durante esse tempo, nem reparo no mundo à minha volta. Nem mesmo no velho do outro lado da mesa, tamanha é a fome que tenho.

Quando termino, já não me sinto assim tão disposto. Devo ter devorado cinco ou seis ovos e o mesmo número de fatias de torrada, empurro o prato para o lado e reparo que o homem está olhando com curiosidade para mim.

Você com certeza está com fome hoje, C., ele diz. Acho que nunca vi você comer mais do que uma ou duas fatias de torrada. O que aconteceu? Correu uma maratona ontem à noite?

Ele solta uma risada que vem do fundo da barriga, uma risada que a faz pular para cima e para baixo, para cima e para baixo, sacudindo a mesa toda.

Não faço ideia do que ele está falando. Naturalmente, é uma figura e tanto, mas não faço ideia do que está falando. Talvez este seja um lugar onde fazem experiências esquisitas com gente velha, tipo experimentos do governo e coisas que não podem fazer com gente jovem, normal. Já li sobre lugares assim, eles existem de verdade.

Olho para ele e tento ver se parece alguém que eu conheço ou alguém a quem já fui apresentado, porque geralmente é com isso que a gente sonha. Sabe como é, com pessoas que de algum modo passam pela sua vida. Pode ser um amigo da vida toda, mas também pode ser o carteiro, ou até um carteiro substituto que você só viu uma vez na vida. Esse tipo de coisa me mata.

O rosto dele é molenga e meio que escapa para os lados, escorre por cima do maxilar e se pendura para baixo, e, sem ficar olhando fixo, na verdade consigo enxergar dois fios compridos de pelos que saem de dentro do nariz dele. Quase preciso virar o rosto para o outro lado, mas daí me lembro de que sou velho também, pelo menos neste momento, e que isso acontece quando se fica velho. Você na verdade não se lembra de cortar pelos compridos do nariz e essa porcaria toda. Olho para ele e tento enxergar embaixo de toda a pele em excesso, mas realmente não consigo descobrir nada a respeito do rosto dele, ou do resto dele, aliás, que me traga alguma lembrança. Até onde eu sei, ele pode ser qualquer pessoa do mundo.

Em seguida, o que faço, apesar de saber que não devia fazê-lo, por ainda estar me sentindo desse jeito e tudo o mais, por ter acordado assim desse jeito tão terrível, é me levantar e pegar um pouco de café. Mas faço mesmo assim.

Olhe para o coelhinho, um menino na pele de um velho, ele não desconfia de nada. De certo modo, me sinto mal por ele, por ter se metido nesta confusão para começo de conversa. Na verdade, a culpa é toda minha. Eu devia ter feito alguma coisa a esse respeito há muito tempo. Mas, bom, como é que eu podia saber?

Para ser sincero, não sei dizer muito bem como isto aqui funciona. Apesar de os fios estarem nas minhas mãos, não sei o que acontece com eles quando os deixamos sem cuidados durante tanto tempo. Será que eles se encontram com outros e criam vidas como a sua e a minha? Ou será que simplesmente são colocados dentro de um casulo e despertados novamente apenas quando você afia sua pena? São tantas perguntas, e não tenho resposta para nenhuma delas.

O que sei é que tenho algumas regras a seguir. Não as criei, mas elas existem de todo modo, e preciso segui-las. Senão, não dá para saber o que pode acontecer.

Veja bem, é assim que funciona do outro lado. A regra mais importante, aquela que não pode ser quebrada ou contornada, é que todo mundo aqui precisa ter um passado. Isso na verdade vale para todo lugar, mas ainda mais aqui. Se você não tiver um passado, não existe. Então, eu preciso dar a ele algo a que se segurar; eu preciso lhe dar uma vida.

Neste momento ele está confuso, coitadinho. Quem não estaria? Mas vai passar. Neste exato momento, na verdade, ele não passa de um espaço vazio; é como um pedaço de papel sobre o qual um dia você começou uma história, mas daí trancou em uma caixa e enterrou bem fundo. Agora, sessenta anos depois, você tira a caixa da terra e continua a história de onde a última frase terminou. Então, veja como tudo isso é confuso para ele. Imagine ir para a cama e, quando acordar no dia seguinte, já ter se passado meio século. Mas estou recuperado o tempo perdido de segundo a segundo. Com a mesma rapidez com que os bracinhos são capazes de acertar.

Na verdade, é bem parecido com um jogo de xadrez. Preciso jogar desde o começo e mover as peças na ordem certa, ou não vou vencer. Não posso simplesmente empurrar a outra rainha com a ponta do dedo, por mais que eu tenha vontade de fazer isso, mesmo que isso fosse me poupar muito trabalho. Preciso seguir as regras e jogar a partida toda desde o início. Como isto aqui na verdade é o oposto do que estou tentando fazer, peço desculpas por não parecer absolutamente entusiasmado com a coisa toda. Mas é a única maneira de fazê-la. Não foi uma decisão fácil, de jeito nenhum; eu só preciso dele para uma última coisa. Preciso construí-lo do ponto em que parei. Preciso lhe dar um passado pela simples razão de que não se pode matar aquilo que não existe.

Estou parado ao lado do bule de café quando a coisa mais engraçada do mundo acontece. O sonho com as batidinhas, aquele que mencionei, aquele que tenho toda noite há várias semanas, eu as escuto de novo. Acho que, pensando bem, não é assim tão engraçado. Afinal de contas, isto aqui é um sonho, mas mesmo assim me parece engraçado, ouvir aquilo na cabeça enquanto me sirvo de uma xícara de café. Tap-tap-tap, tap-tap, tap-tape-ti-tap.

Harry, começo antes mesmo de me sentar, porque acabei de pensar em uma coisa que preciso contar para ele. Derrubo um pouco de café na mesa, mas não o suficiente para precisar pegar alguma coisa para limpar; simplesmente tento colocar a xícara por cima. Não é realmente uma despedida, mas quero deixá-lo com alguma coisa, pelo menos com algumas palavras, apesar de elas não terem nenhum significado.

Harry, será que os pardais voam para o sul no inverno?

Antes mesmo que ele tenha a oportunidade de responder, eu prossigo.

Quer dizer, por que alguns pássaros decidem ir embora e outros ficam?

Na verdade, não sei por que estou fazendo essa pergunta – até parece que andei pensando muito sobre pássaros ultimamente –, mas ela meio que surge em minha mente.

Harry engole a última fatia de torrada com um pouco de café e observo os músculos de sua mandíbula se retesarem e depois relaxarem. Estou simplesmente batendo papo furado com um velho amigo. Para mim, na verdade, não faz diferença o assunto sobre o qual conversamos. Poderíamos falar sobre cachorros ou baleias ou calotas, não me importo; só precisamos bater um papo furado a respeito de alguma coisa.

Harry olha diretamente através de mim, para alguma coisa ao longe, sem dizer nenhuma palavra. Talvez ele saiba que estou indo embora. Algumas coisas a gente simplesmente sente. Diabo, acabei de perceber isso hoje de manhã, quando acordei. Não é algo que eu possa especificar. Já estou aqui há bastante tempo, mas não é só isso. De algum modo, eu simplesmente sei que preciso cair fora deste lugar.

Finalmente, Harry fala comigo.

Acho que é porque passarinhos pequenos não conseguem voar assim tão longe. Ele continua olhando diretamente através de mim.

Mas não pode ter a ver só com o tamanho, eu digo.

Agora realmente quero saber isso, apesar de só estarmos batendo papo furado.

Assim, todos os pássaros grandes voariam para o sul, eu digo, e não voam. Quer dizer, pegue a coruja, por exemplo, ela não voa para o sul.

Harry não tem mais nada para comer e fica juntando algumas migalhas pelo prato vazio antes de apertar o polegar por cima da pequena pilha e sugá-la para dentro da boca.

Caramba, eu não sei, C., ele responde. Pode haver um monte de razões para os pardais não voarem para o sul no inverno, mas aposto que uma delas é porque eles são desgraçados de pequenininhos demais.

De repente Harry olha bem para mim e vejo que ele parece mais velho do que eu, apesar de nós dois estarmos com 70 e tantos anos.

Acho que você tem razão, digo, porque não estou mais com vontade de conversar sobre pardais, nem sobre nada, aliás. Essa é uma daquelas coisas que você não sabe antes de saber de verdade, mas essas são as últimas palavras que dizemos um ao outro na vida.

Não tenho assim tantos amigos aqui. Na verdade, só há duas pessoas em Sunnyside com quem converso. Tem o velho Harry e Jimmy, o jardineiro. Jimmy é do México e, na verdade, não é um residente de fato, mas passa tanto tempo aqui que bem poderia ser. Jimmy trabalha no jardim e é quase tão velho quanto todo mundo aqui. Mas ainda tem um jeito de rapaz, com a pele grossa como couro e os braços longos e secos como as trepadeiras que poda. Um bigode brota de seu lábio superior e, cada vez que o vejo, ele fica mais parecido com as coisas com que trabalha. Juro, um dia ele vai desaparecer e, quando procurarem por ele, vão encontrá-lo crescendo no mesmo solo que revira duas vezes por ano, aduba e rega sem nem fazer um intervalo.

Eu me olho no espelho quando subo de elevador. Coloco o cabelo para o lado e fico me perguntando se não devo ir ao barbeiro em breve. Meu cabelo já não cresce como antes, como nos últimos trinta anos mais ou menos, mas ainda me sinto bem quando vou ao barbeiro. Pelo menos durante umas duas horas, um corte de cabelo faz a gente se sentir novinho em folha.

De volta ao meu quarto, vou direto para a cama e me deito. Assim que minha cabeça encosta no travesseiro, fecho os olhos. Não sei dizer muito bem por que fui para a cama, porque não estou sonolento, de jeito nenhum. Mal amanheceu, e seria mais inteligente se eu esperasse pelo menos escurecer antes de tirar um cochilo, mas, mesmo assim, parece que é uma coisa que eu preciso fazer. De vez em quando gosto de deitar de barriga para cima, com os olhos fechados, e ficar lá sem mexer nem um dedo.

Com certeza é difícil quando você se esforça de verdade. Não mexer nem um dedo, quero dizer. Permaneço bem imóvel, mas meus olhos disparam de um lado para o outro atrás das pálpebras fechadas, e tenho uma dificuldade dos diabos para fazer com que fiquem em um lugar só. É a mesma coisa sempre que você se esforça muito para fazer algo. Existe uma resistência interior desejando que você faça o contrário, independentemente do que estiver tentando fazer.

Mas, depois de um tempo, consigo ficar absolutamente imóvel. Consigo até focar os olhos no único ponto atrás das pálpebras que é mais escuro do que os outros. Mas é estranho: bem quando fico perfeitamente imóvel, já nem me lembro por que estou deitado aqui. Pensando bem, nem me lembro de que dia é hoje. Só sei que devia dormir um pouco para depois tomar meu rumo.

No momento em que acordo, percebo que as coisas estão diferentes. Um eco continua reverberando na minha cabeça, preso entre a parede do sonho e a realidade, mas ainda não consigo acreditar. Já faz tanto tempo desde a última vez que sonhei.

A primeira vez que tive o sonho, estava com 16 anos. Daí demorou umas duas semanas antes de ir embora, assim sem mais nem menos, e, de lá para cá, nunca mais voltou. Talvez seja por causa da natureza dele que eu me lembre com tanto vigor, ou simplesmente porque é o único sonho que tive na vida. Quer dizer, não tenho nada com que compará-lo, só com aquele primeiro sonho de quando eu tinha 16 anos. É um sonho estranho, de qualquer jeito.

Não é com uma pessoa nem com um lugar, e não inclui imagens nem vozes de qualquer tipo. É um sonho com um som, um simples som de batidinhas, como se estivessem usando as teclas de uma máquina de escrever antiga.

Era cedo pela manhã, igualzinho a hoje, e eu estava em uma de minhas várias escolas, um lugar também muito parecido com este aqui, na verdade. De repente, eu abri os olhos e, sem mais nem menos, estava acordado. Depois disso, durante uns dois dias, toda vez que eu acordava, as batidinhas ficavam nos meus ouvidos durante alguns momentos. De verdade, era a sensação mais estranha do mundo. Eu nunca tinha sentido nada parecido. Não sei muito bem como descrever, mas era parecido com a sensação de acordar de um sono muito profundo e muito longo. Mas, principalmente, era uma sensação de não estar mais perdido. De algum modo, ao acordar naquele primeiro dia quando eu tinha 16 anos, eu sabia exatamente o que tinha de fazer.

Do mesmo jeito que sei agora. Eu me sento ereto na cama e vejo pela janela que o dia está cinzento e tedioso, mas pelo menos desta vez não me sinto entediado. Sinto que preciso me levantar porque tem uma coisa importante que preciso fazer.

Reparo que ainda estou de roupa. É estranho o fato de eu não me lembrar de ter ido para a cama ontem à noite, mas eu devia estar cansado de verdade, porque nem me despi. A camisa azul listrada que Mary me deu está toda amassada, e minha pele parece quente e pegajosa, como acontece quando se dorme de roupa, e sinto dentro de mim que dormi demais.

Atravesso o quarto, vou até a janela e olho para fora. Hoje, não vejo ninguém no jardim, apesar de às vezes ver senhoras de idade, de penhoar, pendurando roupas imaginárias em um varal imaginário em dias de verão imaginários. Neste lugar dá para ver praticamente qualquer coisa, se você estiver acordado na hora certa.

Mas, neste momento, tudo no jardim está parado e escuto o nada que o rodeia. Se eu fosse um desavisado, acharia que estava a um milhão de quilômetros de tudo aqui. E, na verdade, é assim que me sinto a maior parte do tempo.

O silêncio é tremendo. O único som que escuto é o de minha própria respiração, que chia em silêncio para dentro e para fora do meu peito. Faz com que eu pense no ponteiro dos segundos saltando pela superfície de um relógio. Mas tudo não passa de uma ilusão, porque a única coisa que realmente muda aqui é o mundo ao meu redor. As árvores, por exemplo. Todas parecem ter participado de uma luta durante a noite, exibindo um arco-íris de feridas coloridas. Aquilo que há não muito tempo era verde, agora é vermelho, amarelo e púrpura.

Com a minha vida, é diferente. Por exemplo, eu não me lembro de nada antes do meu 16º aniversário. Sei dizer o que aconteceu, mas não tenho nenhuma memória minha. Acontece a mesma coisa com o resto da minha vida. Sei onde e como conheci Mary, como nos apaixonamos, como tivemos Daniel, como o amamos juntos durante tanto tempo, mas ainda assim me sinto como se estivesse olhando para uma parede com milhares de polaroides desbotadas pelo sol. Elas não são a minha vida, são apenas cenas dela. Entre o sonho das batidinhas há sessenta anos e o sonho de ontem à noite, minha vida parece ter se desenrolado em uma névoa pesada no trajeto entre as paradas em duas estações.

Como isso é possível? Existir e não existir ao mesmo tempo?

Na janela bem em frente do meu rosto, vejo uma mancha, uma espécie de sujeira. Primeiro tento tirá-la com o polegar, mas não dá certo e percebo que é alguma coisa do lado de fora. Abaixo a janela e coloco a cabeça para fora. Quando me inclino para frente, a parede pressiona minha bexiga, que dói feito o diabo, mas não quero me render ainda. No fim ela sempre vence, mas de vez em quando gosto de fazer a safada sofrer.

Olho para as árvores, para a maneira como mudaram de cor, e me sinto triste. O outono sempre me deixa melancólico, e suponho que não seja só por causa das árvores. Algumas pessoas dizem que é por causa da luz, mas eu simplesmente fico com uma sensação besta dentro de mim cada vez que vejo uma folha cair. Elas estão morrendo, um milhão delas a cada minuto, mas ninguém repara. Simplesmente escuto seus gritos silenciosos de agonia enquanto caem devagarzinho até o chão. Às vezes sou o maior maricas.

O ar frio se derrama pelo parapeito e toma conta do quarto. Primeiro rodeia meus pés, depois se ergue como água em um barco que afunda, e, quando chega à altura do pescoço, infiltra-se pela abertura da camisa e desce pelo peito. Isso me faz tremer e respiro fundo, prendo a respiração e fecho os olhos.

Normalmente, cada manhã é apenas uma continuação do dia anterior, como se eu estivesse na mesma cena de filme que se repete vez após outra até que alguém dá um tapa violento no projetor e o rolo recomeça a girar. Durante um segundo, nenhum pensamento entra em minha mente e não sei dizer se estou acordado ou se estou sonhando. Solto a respiração e o ar sai rápido. Às vezes eu realmente desejo que a vida fosse mais parecida com um filme em que você pode dar uma porrada quando emperra, e avançar o rolo quando quiser chegar ao fim.

Estou prestes a puxar a cabeça para dentro quando vejo um pardal no chão embaixo da minha janela. É vermelho-escuro e perfeito de doer, e parece estar aninhado em uma pequena onda de grama verde. Parece tão pacífico, é assim que imagino que os pardais vão dormir à noite. Seu bico está levemente aberto e suas asas estão dobradas, bem ajeitadas ao lado do corpo, como se ele estivesse se segurando. Só que ele não está dormindo.

Então, foi daí que veio a sujeira. Deve ter acontecido ontem em algum momento. Puxo a cabeça para dentro e vou para o chuveiro. Dou uma examinada nas camisas do armário, mas todas elas me enchem de desgosto, porque sabem que nunca serei capaz de gastar todas; acabo escolhendo uma branca lisa e me dirijo para o salão do café da manhã.

6

Houve um tempo em que nos dávamos bem, mas tudo logo mudou. Ele começou a me acordar no meio da noite com perguntas sobre isto ou aquilo, perguntas que precisavam de respostas, ele disse. Estava lá quando eu acordava e estava lá quando eu ia dormir. Mas talvez o pior de tudo fosse que ele estava nos meus sonhos. Havia decisões a tomar, voltas a fazer e coisas em que se transformar. Todas as escolhas que é preciso fazer na vida, todas as encruzilhadas, e ele só podia perguntar para mim. Ele se esforçou muito para ficar perto de mim, mas, como um animal com filhotes pequenos, eu o repeli.

Você dá um pedaço do dedo a alguém, estende a mão para ajudar e não apenas salva a vida dessa pessoa, mas a cria. Você é o Deus dela. Mas é tudo ou nada. Você tenta tirá-la, mordida após mordida na carne, até que os ossos comecem a aparecer, e daí você simplesmente não pode mais. Fiz a única coisa possível. À noite, me virei, fiquei de frente para a parede e me forcei a cair em um sono cego e surdo. Eu o excluí da minha vida e da vida dele.

Ainda assim, as perguntas não cessaram durante algum tempo. Não é fácil desfazer certas coisas. A voz dele era uma presença constante, como um tagarelar sempre ao fundo. Alguns dias eram piores do que outros, mas continuei firme e aguentei. Aguentei até que no fim a voz dele se transformou em apenas um sussurro na minha cabeça. Ao ignorar sua existência, eu o libertei. Para isso, dei o melhor de mim, e o que perdi nunca mais vou recuperar, mas minha cabeça finalmente se esvaziou. Por um período, achei que tinha conseguido.

Tem algo a ver com a idade avançada. Você começa mais ou menos no meio do caminho e segura o enterro de coisas novas. Até lá, você já vai estar mais experiente. É preciso dedicar alguns anos a isto. Então, antes que você se dê conta, está na reta de chegada e aquilo que você enterrou começa a feder. Ou você não enterrou as coisas muito fundo ou a chuva levou a terra embora. Um monte de coisas pode acontecer. A única certeza em relação a isso é que acontece com todos nós. Os anos restantes são então gastos escavando o que você enterrou no passado e acertando as coisas que fez errado. É uma viagem de ida e volta sem fim ao cemitério, até que um dia você vai para lá e não volta mais.

Meu tempo está acabando e preciso ser capaz de respirar um ar que não seja fedido, só um pouquinho. Preciso dessas poucas lufadas de liberdade antes de ir embora. Eu devia ter feito isso há muito tempo. Eu devia ter feito com ele exatamente o que Shelley fez com seu monstro; então, agora, vou voltar para a estaca zero e terminar aquilo que comecei. Essa é a ironia da coisa toda. Eu me esforcei tanto para que ele me deixasse em paz, e agora sou eu que o trago de volta, só para poder matá-lo.

O velho Harry é sempre o primeiro a descer para o café da manhã, porque gosta mais de comer do que de dormir. Quando desço, ele está sentado sozinho em uma cadeira. Não estou assim com muita fome, mas pego uma fatia de torrada e um copo de suco de laranja da mesa comprida e me sento na frente dele. Harry está muito imóvel, e a única coisa que de fato se mexe é a torre alta de geleia de laranja empilhada em cima de uma fatia de torrada, que fez uma pausa na frente do rosto dele.

Nunca falamos muito, e escuto o relógio na parede e o som que o nariz de Harry faz cada vez que mastiga. Eu já fui. Não vai ser difícil deixar este lugar. Mas, de fato, sinto pena de Harry. Quer dizer, a partir de agora ele vai ter que comer sozinho.

Harry, eu começo.

Não é um adeus, mas quero deixá-lo com alguma coisa, pelo menos com algumas palavras.

Será que os pardais voam para o sul no inverno?

Não sei por que desejo saber a respeito de pardais, não há razão específica, as palavras simplesmente saem assim.

Harry tosse e um pedaço pequeno de torrada com geleia sai voando e pousa na mesa entre nós.

Pelo amor de Deus, mas você ainda não esqueceu os pardais! Pelo amor de Deus!

Não faço ideia do que deu nele. Acho que simplesmente é uma daquelas manhãs em que é impossível falar com ele.

Eu só estava dizendo que fico me perguntando por que alguns pássaros decidem partir e outros não.

Mas digo a última parte bem baixo porque não quero incomodar Harry ainda mais antes de deixá-lo. Percebo como ele já parece agitado. O rosto dele está corado de cor-de-rosa e ele ainda tosse de vez em quando, como se tivesse um pedaço de alguma coisa fazendo cócegas na garganta.

Na verdade, não estou com fome. Afinal de contas, nunca fui de comer muito, e empurro o prato para o lado. De repente, sinto que preciso sair dali o mais rápido possível. Não por causa de Harry nem nada, mas só porque é assim que me sinto.

De volta ao meu quarto, fico um pouco sentado na cama. Olho ao redor e vejo as coisas que já vi tantas vezes antes. A escrivaninha, os porta-retratos com Mary, Daniel e a família dele, Phoebe e os filhos dela, e vejo os chapéus em cima do meu guarda-roupa e os comprimidos na minha mesinha de cabeceira.

Deve haver três frascos de comprimidos na minha mesinha de cabeceira, cada um para alguma coisa que o dr. Rosen quer consertar em mim, mas agora só vejo dois.

Devo ter colocado o outro no banheiro. O que tem tampa amarela é para a bexiga, o de tampa azul é para tontura, e o de tampa branca é para depressão.

Ele é um rapaz, o dr. Rosen, com olhos tristes que me lembram um labrador que tivemos certa vez. Não tenho bem certeza de quando foi, mas sei que tivemos. O nome dele era Rudolph e ficou conosco quatro anos, antes de ser atropelado por um carro.

Não faz muito tempo que ele faz isso, o dr. Rosen, quero dizer. Ele e a esposa resolveram se mudar para cá para que pudessem criar as filhas no interior. Estão todas enfileiradas na mesa dele, em porta-retratos de frente para ele. Acho que os médicos aprendem isso na faculdade de medicina, a manter a família em uma fileira emoldurada em cima da mesa. Assim, quando os pacientes vão se consultar, ficam achando que nada de ruim pode acontecer. Não com a família do médico observando e tudo o mais.

Mas, bom, ele veio ao lugar certo. Se tem uma coisa que não falta aqui é interior.

Pego o frasco de tampa amarela, mas não abro. Só giro as pílulas lá dentro, devagar, e crio um som sobrenatural. Dá para ver a mancha na janela do lugar em que estou sentado e fico imaginando como seria acordar de uma noite de sono, sair voando de uma floresta fechada, atravessar um jardim e ir com tudo de encontro a uma parede invisível. Ele se foi antes mesmo de chegar ao chão. Com certeza seria um jeito bem besta de partir.

Eu me sinto meio irrequieto e não consigo ficar sentado parado, então me levanto. Abro a janela de novo e olho para baixo, para o pardal. Reparo que o mundo já não está mais completamente silencioso. Ouço o vento se mover através da copa das árvores e a casa fazendo um barulho de assobio distante. De repente, me sinto triste pelo dr. Rosen. Isso chega para mim de algum lugar lá embaixo, como uma bolha que vai subindo, e a razão por que eu me sinto triste é porque o dr. Rosen vai ficar aborrecido quando descobrir que fui embora sem os comprimidos.

Mas não preciso mais dos comprimidos, me sinto bem demais. Além disso, não tenho planos de levar mala e prefiro não carregar os frascos de comprimidos nos bolsos.

Como não vou levar bagagem, não há nada de especial que eu precise fazer; simplesmente pego o casaco azul-marinho do guarda-roupa, coloco um cachecol ao redor do pescoço e a última coisa que faço, quando passo por ele a caminho da porta, é me olhar no espelho.

Quase caio para trás. Não é por causa da minha aparência nem nada. Minhas roupas estão ótimas, e meu cabelo branco está penteado para o lado. O que me assusta são meus olhos. Eles têm aquele mesmo ar meio doido de um capitão em pé na proa de seu navio quando olha para uma tempestade que se aproxima. Parte dele diz, Ah, merda, e outra parte, Venha me pegar.

Mas o sorriso é o mais marcante. Um sorriso impertinente, meio torto, que deixa metade da minha boca desfigurada. Talvez seja porque não vejo um sorriso ali há tanto tempo que ele parece deslocado no meu rosto. Mas não posso fazer nada além de sorrir quando me viro para ir embora.

7

Quando você a vê pela primeira vez, ao se aproximar pela entrada, acho que parece adequada. É uma casa cor de creme, coroada com um telhado vitoriano inclinado que faz com que fique igualzinha a um bolo de creme. Tem um jardim nos fundos, e na direção da floresta, a leste, há uma quadra de tênis. Mas nunca vi ninguém usá-la, a não ser quando o tempo está bom e pegam as espreguiçadeiras e espalham pela quadra toda. Acho que pensaram que seríamos pessoas mais jovens.

Daí tem a sala de jantar envidraçada, a biblioteca, a quadra de bocha, a sala de cerâmica, o piano-bar, a cachoeira interna, a sala de observação de estrelas, a área da recepção e, é claro, a entrada para carros. Na verdade, é o caminho mais bem pavimentado que se pode imaginar. Não é algo que se esperaria encontrar no meio do nada. Tenho certeza de que algum dia foi só um caminho de cascalho; acredito que a única razão para ter sido pavimentado, em primeiro lugar, é para que, quando os filhos da gente nos deixassem aqui, dissessem:

Está vendo como eles cuidam desse caminho? Imagine como vão cuidar bem de você!

Só para dar uma ideia do tipo de lugar que é este aqui, vou falar sobre a trilha. No jardim dos fundos, mandaram pavimentar uma trilha que dá a volta nos arbustos e construíram um abrigo lá no fim, que é igualzinho a uma parada de ônibus. Os pacientes caminham pela trilha para chegar até o abrigo e, quando chegam lá, se sentam em seus carrinhos e esperam o ônibus. Eles conversam entre si, alguns conversam sozinhos, e esperam horas, dia após dia, sem nunca se lembrar, entra dia, sai dia, de que não há ônibus nenhum. Por volta da hora do almoço, funcionários percorrem a mesma trilha e trazem de volta os que ainda não se cansaram de esperar. Daí, depois do almoço, dá para vê-los mais uma vez no caminho, correndo em câmera lenta pelas curvas, para chegar ao ponto de ônibus a tempo. Suponho que tenha sido feito de brincadeira, mas para mim sempre pareceu cruel o modo como eles ficam querendo pegar aquele ônibus que não existe. Mas, bom, aqui é assim.

Sunnyside supostamente não é um asilo de velhos qualquer. A maior parte das pessoas aqui tem muito zelo em relação à impressão que causa. Quer dizer, muitas dessas pessoas fazem xixi na calça, mas continuam tratando as coisas com muito zelo. Se você quiser ser cético em relação à questão, a verdade é que estamos aqui por motivos práticos. Mas é preciso dizer que em Sunnyside não há quase nenhuma praticidade, no final das contas.

Tome como exemplo o dia em que vieram buscar o sr. Alexander; o ritmo mal diminuiu. Claro que o jantar ficou mais silencioso, até que uma das senhoras da frente começou a falar, e logo outra senhora começou também, e outra, e de repente tudo já tinha voltado ao normal outra vez. Umas duas horas depois, era como se o sr. Alexander nunca tivesse existido. A regra não mencionada em Sunnyside é que nunca se fala daqueles que não descem para jantar.

Quando cheguei aqui, já sabia como o lugar se chamava, mas, mesmo assim, a placa na frente da entrada me pegou de surpresa. É um daqueles negócios de madeira com letras escuras queimadas à mão, provavelmente feito por um dos residentes na marcenaria. A placa diz o seguinte: "Sunnyside – Um lar melhor do que a casa da gente". Nunca ouvi nada mais falso na vida. Para começo de conversa, ninguém vai para Sunnyside por vontade própria. As pessoas são mandadas para cá. E com toda a certeza, diabos, isto aqui não parece a casa da gente. Além do mais, só se vem para cá por causa de uma coisa e, pensando em todos os lugares do mundo, Sunnyside é o pior lugar para morrer.

Mas, veja bem, este é o negócio de Sunnyside. É um lugar construído para ser algo que os jovens acham que os velhos gostam. No geral, Sunnyside não é apenas mais um lugar falso, é um lugar igual a todos os outros. Não existe mais nenhum lugar para onde ir. Este é o último. E é isso que me mata.

A primeira vez que conversamos sobre isso foi no dia depois do Natal. Eu estava na casa dele na Califórnia. Nós dois não tínhamos estado a sós desde eu nem sei quando, e daí, de repente, estávamos sentados um de frente para o outro no escritório dele. Ele estava atrás da escrivaninha e eu estava em uma cadeira na frente dele. Vi que tinha alguma coisa embaixo da mão dele e ele percebeu que eu havia reparado.

Este é o melhor lugar, pai, ele disse, e eu vi que não adiantaria discutir.

Quando a pressão fica alta demais, todo o ar sai de mim chiando. Durante a vida toda, fui um pneu murcho.

Ahhhhh! Já consigo sentir como o fedor está começando a se dissipar. Finalmente posso voltar a respirar. Estou quase alcançando, e ele já está bem encaminhado. Na verdade, não há muito a ser feito; é só dar um empurrãozinho logo no começo e a bola começa a rolar sozinha. Eu simplesmente coloco os dedos nas teclas e elas dançam alegremente sem a minha interferência. Realmente, é como se elas ainda se lembrassem.
Agora só vou esperar pelo momento certo e daí tudo estará acabado.

Alguém certa vez disse: "A parte mais difícil não está na confecção, mas na concepção", e estou inclinado a concordar. Fico imaginando se uma história pode ser criada ou se é ela mesma a responsável pela criação, mas acho que este não é o momento para uma viagem de introspecção como essa.

A mesma música de elevador de sempre está tocando no corredor. Geralmente me deixa louco, mas agora, por algum motivo, já não me incomoda mais. Não olho para trás nem nada. Só dou um tapinha no peito para me assegurar de que o calombo que é a minha carteira está lá, e pronto. Não consigo pensar em mais nada de que possa precisar.

A ideia de ir embora agora é tão forte que nem me dou o trabalho de esperar o elevador. Uso a escada e saio diretamente na recepção. A moça atrás do balcão, Anna, é a única de quem gosto. Acho que é porque ela é sempre muito educada, e o sorriso dela é a coisa mais natural do mundo. Suponho que não faça mal o fato de ela também ser muito bonita. Ela ergue os olhos quando passo pela porta e sorri para mim desta vez também.

O dia está ótimo para uma caminhada, sr. C., ela diz, e fala de um jeito que faz a gente sentir que ela é sincera de fato.

Coisas assim costumavam me matar, mas agora já nem tanto. Não planejei parar e não sei por que paro. Realmente quero sair imediatamente. Mas tem uma palavra na minha língua que quer ser proferida, só que não consegue decidir se deve sair ou não. Fico lá parado do lado do balcão por uns dois segundos, balançando devagar para frente e para trás. Mal consigo sentir o chão embaixo dos pés. Anna e eu nos olhamos e acho que ela está prestes a dizer alguma coisa, talvez se repetir, mas só olha para mim e abre seu sorriso doce.

Boceta. A palavra simplesmente surge na minha cabeça. Fico surpreso. Apesar de eu sempre falar muito palavrão, não consigo entender por que pensaria em uma palavra dessas neste momento. *Boceta.* Reparo que Anna agora olha para mim de um jeito diferente; o rosto dela está todo corado e seus olhos estão obscuros, parecendo balas de revólver. Todas as minhas entranhas coçam e está ficando quente de verdade embaixo do meu casaco de lã, por isso começo a caminhar na direção da entrada.

As últimas palavras que pronuncio quando atravesso a porta de entrada simplesmente me vêm.

Vou voar para o sul. Por favor, faça a gentileza de dizer a Harry.

O dia está cinzento de verdade. O céu está coberto por uma nuvem monstruosa que paira baixa, ameaçadora, sufocando o som dos meus sapatos contra o pavimento antes que tenha a chance de chegar a algum lugar. Só demoro cinco minutos para caminhar pela estrada de cascalho que corta a floresta como um cabo e vai dar na estrada principal, mas parece uma eternidade.

Realmente não faço ideia de quando o ônibus vai passar; nunca tive motivo para tomá-lo antes. Só sei que ele existe.

Fico parado ao lado da estrada, esperando. Sinto o frio do vento, aboto o casaco e já consigo me lembrar de uma coisa que esqueci de trazer. Minhas luvas. Minhas mãos estão geladas e eu as enfio no fundo dos bolsos, inclino-me para os dois lados da estrada para ver se enxergo o ônibus, mas nem tenho certeza de que lado ele vem.

Agora que estou indo embora deste lugar, começo a reparar em várias coisas que nunca tinha notado antes, como a caixa antiga de correspondência logo depois da entrada. Não podem ter colocado isto aqui recentemente, parece velha demais para isso, mas tenho certeza de que nunca a vi antes. Eu meio que fico com pena dela. A tinta vermelha ressecou e uma parte está caindo em flocos grandes, revelando o metal enferrujado por baixo. Tem tudo que é tipo de amassado e batida e afundou no meio, como se não tivesse mais força para ficar em pé. Deve ter sido colocada ali há muito tempo, quando este lugar ainda era uma fazenda. Quer dizer, eu sei que não devia ficar com pena dela, mas parece tão solitária no lugar em que está, droga.

Caminho até ela, mais porque eu me sinto melhor me movendo do que parado, e apesar de os números terem desbotado, ainda sou capaz de distingui-los.

Mil novecentos e cinquenta e um.

É bem aí que ouço um som a distância, o som de um velho motor a diesel, tossindo pela floresta. Vou para a estrada, mas o motorista só para de pisar no acelerador quando está a uma distância suficiente para me ver ali parado acenando com as mãos geladas.

Pego um assento no meio do ônibus e, quando partimos, fico com os olhos grudados na caixa de correspondência. Mil novecentos e cinquenta e um. Não sei se isso tem alguma porcaria de significado, mas, por acaso, é o ano em que saí de um outro lugar.

Não demora muito para começar a chover. O ônibus vai parando para pegar passageiros ao longo do trajeto e, cada vez que faz isso, observo os pingos de chuva se moverem para o lado na janela quando o ônibus acelera. Mais e mais gente entra, até ficar quase lotado. Logo o ar está denso com o cheiro de roupas molhadas, e o piso está cheio de guarda-chuvas respingando. Entramos na rodovia e a chuva continua a cair, mas nenhuma das gotas chega à janela. Elas são esmagadas em uma névoa pela turbulência. Fecho os olhos e tento me lembrar da última vez que parti em direção a Nova York.

Era um dia frio. Eu me lembro porque alguém tinha acabado de roubar minhas luvas de couro novinhas em folha diretamente do bolso do meu casaco, e eu estava ficando com as porcarias dos meus dedos congelados. Coisas assim eram capazes de deixar os meus pais loucos, o fato de eu perder tudo em todo lugar, mas até parece que a culpa era minha.

Eu estava parado em uma colina, assistindo ao jogo de futebol que se desenrolava lá embaixo. Ao meu lado havia um canhão antigo, enorme e preto como piche, e os jogadores pareciam minúsculos do lugar onde eu estava. Na verdade, eu estava a caminho de me despedir de um velho conhecido, mas parei para fumar um cigarro e observar os jogadores por um minuto. Até parece que eu estava com pressa ou algo assim; o meu plano era nunca mais voltar. Então fiquei assistindo ao jogo e fumei uns dois cigarros até a minha cabeça ficar tonta e eu ficar com a sensação de que bastaria dar um passo gigantesco para esmagar todos eles com o pé.

Eu o criei de certa feita; eu o formei com meu próprio sangue. De certo modo ele é meu filho, minha propriedade, pelo menos. No entanto, não ficarei de luto por ele quando se for. Ele foi um fardo para mim durante muito tempo, tem sido uma pedra amarrada à minha canela. A todo lugar que ia, precisava me debater, e, quando finalmente chegava a meu destino, ele estava logo ali comigo. É uma coisa dos diabos e, não, não vou ficar de luto por ele.

Minha intenção é ser rápido e ágil. Meu tempo está acabando e dessa vez não vou deixar nada ao acaso. Já o levei de volta para o lugar que conheço melhor, para as mesmas ruas em que no passado eu o trouxe à vida. Aqui, as possibilidades são infinitas.

Eu o vejo sentado em um café perto da rodoviária, esperando que eu assobie minha melodia. Mas preciso tomar cuidado e observar cada um de meus passos. Não posso cair na armadilha de continuar dobrando esquina após esquina para ver o que encontramos. Agora não é um jogo, como da primeira vez. Preciso ser rápido e ágil. Não vou poder relaxar antes de a tinta secar.

Houve uma vez em que vendi minha alma ao diabo por um ganso de ouro. Pago por isso desde então. Demorei anos para encontrar uma maneira de me safar. Ele não devolve o que já lhe foi dado e não há como fazer acordo com aquele bode barbado. A única coisa que realmente posso fazer é pegá-lo de surpresa. É necessário foder com o diabo quando ele menos espera, e acho que encontrei uma maneira de foder com ele, então agora vou fazer o que já devia ter feito há muito tempo.

Estou sentado em um café perto da rodoviária. O ônibus chegou há umas duas horas, então agora estou neste café, observando a chuva subir alta nas ondas de vento e rolar pelas ruas de Nova York. Acho que eu deveria ter algum tipo de plano, mas realmente não sei por onde começar.

Suponho que deva escrever a meu filho a respeito disso – para informá-lo de que fui embora –, mas o problema é que, tenho vergonha de dizer, nunca fomos assim tão próximos. Não sei se o motivo disso é por eu sempre ter tido a sensação estranha de não fazer parte do mundo, de tudo que está nele, ou se simplesmente somos pessoas diferentes, ele e eu.

O fato é que nunca consegui lhe mostrar muito bem como as coisas são na vida. Claro, essa é uma das coisas que eu mudaria se pudesse voltar atrás e fazer tudo de novo. Mas, de qualquer jeito, ele se virou muito bem sozinho.

É estranho o fato de ele na verdade ser o mais adulto de nós dois. Ainda assim, não consigo imaginá-lo recebendo tal carta do pai.

"Caro filho, senti um ímpeto e fui embora. Não fui expulso; saí porque senti necessidade. Não sei o que vou fazer, mas não faz diferença. Aconteça o que acontecer, tudo vai estar bem. Papai."

E é verdade. Realmente não faz diferença.

Só estou dizendo que acho que devia escrever a meu filho sobre isso, mas sei que não vou escrever.

Uma folha molhada está colada à parte de fora da janela. Fico lá sentado, observando um ou outro pedestre passar correndo na chuva enquanto beberico meu café. Assim, dá para fazer uma xícara de café durar um tempão. De verdade, qualquer coisa que você fizer enquanto não estiver fazendo mais nada, e estou falando de nada mais mesmo, dá para fazer durar um tempão. Se não sabe do que estou falando, devia experimentar uma hora dessas.

Desconfio de que ninguém saiba onde estou por enquanto. Acho que ainda nem começaram a sentir minha falta. Talvez amanhã, ou quem sabe hoje à noite mesmo, mas não neste momento. Neste momento, é como se eu não existisse.

Eu me sinto meio nu, porque no casaco a meu lado está tudo o que trouxe comigo. Não que tivesse assim muita coisa, para começo de conversa, mas agora só tenho isso. Estou começando a pensar que devia ter trazido pelo menos uma bolsa pequena, com uma troca de roupa de baixo e uma escova de dentes, coisas assim, mas acho que vai ficar tudo bem.

Não resolvi exatamente o que vou fazer aqui. Talvez vá procurar alguns velhos amigos para ver o que acontece. Acho que, se ficar aqui sentado bastante tempo, vou ter alguma ideia. Enquanto isso, observo a folha na janela e beberico meu café.

Depois de um tempo a chuva diminui e saio para a rua. Escolho um lado e começo a caminhar, porque na verdade não faz diferença para onde vou. O importante é que estou de volta a Nova York e que, mais uma vez, tudo é possível. Acho que se eu simplesmente deixar as coisas rolarem, o que quer que seja vai me encontrar quando estiver pronto. E talvez a questão seja exatamente essa – o simples fato de não saber o que fazer a seguir. Nesse exato momento, sou apenas um saco vazio soprado pelo vento, e estou começando a me sentir bem com essa coisa toda.

Sei que estou caminhando na direção oeste, mas me forço a não olhar as placas das ruas, para não saber exatamente onde estou. Olho para tudo por onde passo com grande interesse e não consigo me lembrar de já ter estado por aqui, apesar de ter certeza de que já estive. Passo por lojinhas que vendem coisinhas e me lembro do tempo em que o melhor era sempre o maior. Hoje em dia, tudo tem a ver com o tempo, com ganhar um minuto aqui e outro ali. E o tempo fez com que tudo ficasse menor, menos os prédios, e em dez anos vai saber se será possível entrar em uma cabine telefônica e pegar um telefone normal.

Chego a um cruzamento e paro para esperar o sinal ficar verde. Quando fica, deixo o casal à minha frente atravessar primeiro. Olho direto para frente, nem me preocupo em olhar para os lados quando coloco o pé na rua. Por isso, não vejo quando ele se aproxima. Nem escuto nada.

O caminhão é enorme. Daquele tipo que se vê parado na frente de obras e que vem do nada, silencioso como uma serpente mortífera. A única coisa que noto são as vibrações no solo, e, no segundo em que ergo os olhos, só vejo um borrão verde e o caminhão, que passa a um dedo do meu ombro. Quase sou sugado pela turbulência que se forma atrás dele, mas, de algum modo, consigo permanecer ereto. Dou uma volta igual a uma porcaria de uma placa giratória e observo o caminhão desaparecer pela rua, ainda sem fazer barulho nenhum.

O sinal está prestes a fechar de novo, me viro rápido e olho a rua antes de me apressar até o outro lado. Minha mão treme quando seguro no poste para me firmar. Sinto meu velho coração batendo forte e pesado no peito e olho ao redor à procura de um lugar para me sentar um minuto e retomar o fôlego. Há uma brecha no portão alguns passos calçada acima, e então eu entro. É uma espécie de jardim comunitário e me sento em um banco embaixo de uma primavera que algum dia provavelmente já foi majestosa, mas que agora está quase toda cinzenta. Aquela foi mesmo por pouco, praticamente o mais por pouco possível. Se fosse mais perto, teria virado picadinho.

Como sempre, a reação vem depois. Fico com vontade de gritar com o canalha idiota que quase me matou. É provável que ele nem tenha me visto, e aposto que nem teria notado se tivesse passado por cima de mim. Seus amigos na obra teriam que me arrancar da grade dianteira e me erguer para que ele notasse.

Respiro fundo e me deixo escorregar lentamente. Essa é a única maneira de se livrar do estresse e da raiva: expirar e deixar que seu interior volte a se acalmar. Dá para ver a notícia bem clara à minha frente.

"Velho manda ver, abandona a casa de repouso sem avisar e morre atropelado por um caminhão de dez toneladas no mesmo dia. Acredita-se que estivesse confuso."

Imagine só a ironia. E então, de que teria adiantado qualquer coisa? E a parte triste é que nem teria sido manchete, só algumas palavras em algum canto antes da seção de esportes.

Adicionei a última parte porque é verdade. Está nos meus genes. A começar por minha irmã, Phoebe, a confusão é coisa de família.

Estou sentado em um café perto da rodoviária. O ônibus chegou há umas duas horas e agora estou aqui neste café, observando a chuva que voa alta nas ondas de vento e rola pelas ruas de Nova York. Estou tentando pensar no que vou fazer a seguir, ou para onde vou, mas tenho certeza de que o tempo vai acabar me mostrando. Agora, para ser sincero, não faço a menor ideia. Mesmo assim, é bom estar de volta à cidade. Ela sempre teve algo a me mostrar.

A chuva finalmente parou e caminho para o leste, na direção da Times Square. Enquanto caminho, começo a pensar na minha irmã, Phoebe. Não nos vemos há muito tempo e vir a Nova York faz com que me dê conta de quanta saudade sinto dela. Perdemos contato depois que Mary morreu; suponho que a culpa toda tenha sido minha. Não que seja fácil manter contato com Phoebe – por causa do jeito dela na maior parte do tempo e tudo o mais –, mas continuo sendo seu irmão mais velho. Eu deveria realmente ter me esforçado mais. Funcionava bem quando Mary estava por perto, mas, bom, tudo era mais fácil quando Mary ainda estava aqui.

Duvido que ela sinta tanta saudade de mim quanto eu sinto dela. De modo geral, Phoebe não tem sequer um passado de que sentir saudade. Em um dia bom, ela é capaz de se lembrar de seu nome e de quem você é, mas em um dia ruim, você poderia ser um poste que não faria diferença. Apesar de não ter conseguido manter contato com ela, sempre a guardei comigo, durante todo esse tempo, na cabeça e no coração. Pensando bem, é como se nós dois tivéssemos o mesmo distúrbio. Nenhum de nós se lembra do outro, apesar de estarmos lá, em algum lugar.

Ela me salvou uma vez, sabe? Eu realmente ia embora. Mas ela sabia como entrar no meu coração. Acho que para ela não deve ser tão ruim o fato de ter apenas algumas manchas vazias onde antes havia memória. Quer dizer, como é que você pode sentir falta daquilo de que nem consegue se lembrar? Antes, ela morava com a filha, mas um dia saiu de casa no meio da noite. Foi encontrada na rodovia interestadual de penhoar; estava a caminho do mercado. Acho que foi aí que se tornou difícil demais.

Ela costumava me matar, de verdade. Era a menina mais fofa do parquinho. Não só isso, era inteligente também. Só pelo jeito como ela me salvou, já dava para ver como era mesmo inteligente. Eu podia entrar no quarto dela a qualquer hora da noite, se estivesse a fim de conversar, e ela nunca ficava mal-humorada comigo, nunca, nem uma única vez. Só esfregava os olhos e se sentava ereta com as costas apoiadas na cabeceira, dura feito um pau, e ficava me observando enquanto eu andava de um lado para o outro no quarto. Estou dizendo, ela era uma menina querida dos diabos.

A Times Square está lotada de gente como sempre, e eu a atravesso, apressado, deixando-a para trás o mais rápido possível. Continuo caminhando e dou uma olhada em vitrines de lojas, à procura de nada específico e sem pensar em nada. Simplesmente estou feliz por sentir as coisas agitadas ao meu redor mais uma vez. Consigo chegar até a Park Avenue antes de ter que esperar um sinal abrir.

Só preciso dar uma olhada para saber que o homem parado na ilha de cimento que divide as faixas é louco. Mesmo que seu cabelo não fosse tão comprido e embaraçado e suas roupas não fossem tão puídas e sujas, alguma coisa em sua aura e em sua postura o entrega. Quando o sinal fica verde, começo a caminhar e, ao pisar na ilha, reparo que seus lábios se movem em velocidade impressionante. Ouço uma espécie de balbucio e percebo que está falando sozinho, mas é tão rápido que não consigo identificar uma única palavra do que diz. Seu devaneio se transformou em um longo tom ritmado em vez de frases verdadeiras.

Passo por ele e prossigo para atravessar a seção seguinte. Quando chego até a calçada, ouço o homem soltar um grito estridente atrás de mim; é como se fosse uma gargalhada aguda que cessa da mesma maneira abrupta e imediatamente volta para o balbucio. Eu me viro para ver o que ele está aprontando, então demoro um segundo a mais para colocar o pé na rua, e é por isso que o caminhão não me pega, por um dedo. Na verdade, não vejo bem nem o caminhão nem o homem; meus olhos apenas meio que percebem os dois, e a única coisa que enxergo é o prédio da MetLife, grande e pesado, à direita. O caminhão é apenas um borrão de um lado, e sinto o vento no rosto quando ele passa. É um daqueles caminhões de dez toneladas que se veem em obras, e fico surpreso por não ter escutado sua aproximação. O canalha passou no sinal vermelho e quase me matou, mas geralmente dá para escutar esses caminhões se aproximando a um quilômetro de distância.

Fico completamente abalado e, por algum motivo, meus pés precisam continuar se movendo, então prossigo caminhando até o outro lado. Quando chego lá, preciso dar um tempo, porque minhas mãos tremem muito e meu coração bate enlouquecido dentro do peito. Eu me apoio no poste do farol para recuperar o fôlego. Viro a cabeça e vejo que o homem continua lá, parado. Seus lábios não se movem mais e agora aponta com o dedo para mim e sorri. Mexe o corpo de maneira ritmada, como se estivesse usando fones de ouvido cheios de alguma música agitada, e seus dedos sacodem no ar junto com ele. Não posso deixar de sorrir e de apontar para ele com o meu dedo também. Aquele canalha maluco realmente salvou a minha vida.

Estou sentado em um café perto da rodoviária. O ônibus chegou há umas duas horas e agora estou aqui neste café, observando a chuva que voa alta nas ondas de vento e rola pelas ruas de Nova York. Estou bem feliz por estar aqui, não especialmente neste café, mas de volta à cidade. Este realmente é o meu lugar. Agora que estou aqui, dá para perceber quanto senti falta deste lugar, apesar de não saber exatamente qual será meu próximo passo. Mas não estou preocupado. Com certeza vou ter alguma ideia.

Termino a segunda xícara de café bem quando a chuva diminui e, depois que pego meu casaco e passo pela porta, ela já parou totalmente. Começo a caminhar para o sul sem nenhum motivo específico; mais do que isso, só sinto vontade de caminhar. Já faz um tempo que não caminho pelas ruas de Nova York, e quero sair por aí sentindo o cheiro da fumaça e escutando os táxis buzinarem mais uma vez.

Parado na esquina na frente da Macy's, esperando o sinal abrir, vejo quando ele se aproxima. É um caminhão velho e grande com caçamba chata, do tipo que se usa em obras para levar entulho, e ele vem com tudo, direto para cima de mim. O motorista deve ter caído no sono ou algo do tipo, porque estou bem no meio da calçada, e estamos no meio de uma daquelas bolhas temporárias de trânsito, sabe, quando não tem quase mais nenhum carro na rua, apesar de estar no meio do dia, e, como um morcego saído do inferno, o caminhão maluco dispara bem na direção em que estou. Tenho sorte por estar de olhos bem abertos e perceber quando ele se aproxima de longe. Sem pensar, dou um passo rápido para trás e me aperto contra a parede e, bem a tempo, consigo sair da frente. O caminhão não me acerta por um fio de cabelo mais ou menos, mas atinge a lata de lixo na calçada e faz com que voe pelos ares com um som engraçado de estouro. Vejo aquilo em câmera lenta, a lata voando em um arco pelo ar, caindo no chão, de lado, quase exatamente no mesmo lugar em que estava antes, apesar de agora já não se parecer mais com uma lata de lixo. Parece mais com uma lata de refrigerante vazia que um atleta universitário esmagou contra a própria testa em uma festa qualquer.

Se tivesse sido a minha cabeça em vez da lata, esmagada contra o caminhão, eu estaria morto três vezes. Sinto que meu coração só agora volta a acompanhar a realidade, batendo forte dentro do peito, e, quando ergo a mão e a estendo na frente do rosto, meus dedos estão formigando.

Já li sobre esse tipo de coisa que acontece, e realmente ocorre com mais frequência do que se pode imaginar. Às vezes, para economizar um ou dois dólares, contratam imigrantes sem documentos ou até sem carteira de motorista e fazem com que trabalhem muitas horas com um pagamento ínfimo. Mas eu nunca tinha visto isso com os próprios olhos, aliás nem tinha estado tão perto de ser atropelado.

O caminhão nem parou e desapareceu ao longe. Mais uma vez, as ruas se enchem de carros, como se eles só estivessem esperando na esquina por uma deixa para começar a rodar. Fico parado onde estou, com a parede pressionada contra as costas, porque assim me sinto seguro, e observo o sinal abrir e fechar cinco vezes antes de me recompor e finalmente atravessar a rua. Quase tinha me esquecido das porcarias dos péssimos motoristas nesta cidade. Alguém realmente precisava fazer alguma coisa em relação a eles.

Estou sentado em um café perto da rodoviária. O ônibus chegou há umas duas horas e agora estou aqui neste café, observando a chuva que voa alto nas ondas de vento e rola pelas ruas de Nova York. Tenho a sensação de que devia seguir em frente; apesar de agora estar no lugar a que pertenço, ainda tenho a sensação de que deveria estar indo a algum lugar.

Não me dou o trabalho de esperar a chuva parar, nem espero acabar minha xícara de café. Em vez disso, puxo a gola do casaco para cima e saio à rua. Caminho para o norte, na direção do parque, porque lá é praticamente o único lugar em que consigo pensar, e quando chego já parou de chover.

Algo mudou em relação ao parque, e só preciso de alguns minutos para perceber que, da última vez em que estive aqui, as árvores pareciam maiores. Se a minha vida dependesse disso eu não juraria, mas quase. Caminho pelo parque e as árvores se avultam sobre mim como se estivessem recurvadas por cima de anões e, se eu tentasse, aposto que seria capaz de estender o braço e tocá-las.

Gotas caem dos galhos ao meu redor, e aqui no parque parece que ainda está chovendo. Continuo caminhando, passo pelo Met e depois pelo Guggenheim, até finalmente chegar à margem do lago, onde os corredores se reúnem em grupinhos. Não consigo me livrar da sensação de que deveria estar indo para algum lugar, então paro um pouco para ver se descubro que lugar é esse. Além do mais, neste momento não estou com vontade de dar a volta no lago.

Se você me pegar na hora e no dia certo, quando eu estiver a fim de verdade, não quero fazer outra coisa além de andar. Outras vezes, prefiro não me mexer nem um centímetro. Para falar a verdade, já andei pra caramba na vida. Às vezes parece que andar é a única coisa que sei fazer bem. Sei que parece uma coisa totalmente ridícula de dizer, mas às vezes eu realmente queria que fosse outra coisa. Sabe como é, alguma coisa útil. Mas acho que certas coisas a gente não pode escolher. Mas, bom, nesse exato momento, não estou com vontade de dar mais nenhum passo, então só fico parado do lado da grade, olhando um pouco para a água.

Observo o sol da tarde fazendo seu trajeto descendente e, quando assume um tom mais forte de cor de laranja, quase vermelho, começo a andar de novo. Saio do parque na 86th Street e atravesso para o outro lado. Continuo caminhando, primeiro em direção ao leste e depois ao sul. Fico andando sem ter nenhum lugar em mente, e são quase só minhas pernas que andam. O que quero dizer é que minha cabeça só as acompanha, sem pensar em nada específico. A única coisa em que estou mais ou menos de olho é em um hotel onde eu possa passar a noite. Talvez seja por isso, por eu estar procurando uma coisa, que, quando ergo os olhos, percebo que estou a apenas um quarteirão de nosso antigo apartamento.

Sei que não foi por querer e não faço ideia de como consegui caminhar até aqui sem nem mesmo reparar, mas, quando ergo os olhos, estou parado bem na frente de um quarteirão que representa um pedaço bem grande da minha vida. Imagens de carros, placas de "pare", tijolos e faixas de segurança estão impregnadas em algum lugar da minha memória, e lá no fundo da espinha sinto quando as lembranças se agitam. Continuo andando e, quanto mais perto chego, mais elas vão se soltando e voltam para a minha cabeça, uma a uma. Todos os dias, durante muitos anos, caminhei por estas ruas; cresci com elas, assim como as árvores que se enfileiram pelas calçadas. Não acho que esteja inventando, mas, bom, não sei como é possível lembrar uma coisa dessas. Olho para as rachaduras na calçada, e talvez sejam só rachaduras normais, mas, ao pisar em cima delas, quase posso jurar que fazem sentido para mim. Durante um segundo, paro, fecho os olhos e imagino nosso antigo prédio, como os aparelhos de ar-condicionado se enfileiravam na fachada, arrumados de um jeito que formava uma figura. Não sei por que eu me lembraria de uma coisa dessas, já que tantas outras estão tão apagadas e distantes.
   Continuo andando, agora bem devagar, porque é só este único quarteirão. Quero que demore o máximo possível e absorvo todos os detalhes com cuidado. Estou dando um passeio pela história. Vejo luzes nas janelas ao meu redor e imagino famílias reunidas em volta da mesa de jantar, contando histórias da hora do recreio ou do trajeto de casa para o trabalho, cheio de acontecimentos, exatamente como fazíamos no passado. Quando chego ao nosso prédio, não tenho bem certeza sobre o que devo fazer. Sei que devia passar andando e deixar que ficasse para trás. Afinal de contas, não tenho nada a fazer aqui. Mesmo assim, paro na calçada, na frente da entrada.

Não preciso contar os andares, mas mesmo assim eu conto. Um, dois, três, quatro, cinco, seis, sete, oito, nove, dez, onze, doze e catorze. Olho para a nossa janela e imagino quantas vezes antes já fiquei parado exatamente onde estou agora, acenando despedidas e sorrindo boas-vindas. Acho que a maior parte das vezes foi alegre.

Chego um pouco mais perto da porta, só para mais uma vez ter a sensação de estar chegando em casa, e sento um minuto na borda da floreira. Tem uma plaquinha fincada no chão.

"Mantenha os cachorros longe das floreiras", diz. A plaquinha deve ser nova, porque eu não me lembro de ter estado ali antes, e isso faz com que eu comece a imaginar o que mais mudou. Por exemplo, fico imaginando se Joe ainda cuida da porta. Eu me viro para dar uma olhada melhor no interior, mas o *lobby* está vazio e não consigo enxergar absolutamente ninguém lá dentro. Realmente não seria nada mal voltar a ver Joe, depois de tantos anos. Você passa dez anos vendo uma pessoa todos os dias e daí, de repente, tudo muda. Ninguém nunca diz isso para a gente, mas mudar é a mesma coisa que morrer um pouco, isso é fato. Cada vez que me mudei, deixei alguma coisa, ou alguém, para trás. E nem sempre dá para dizer exatamente o que você perdeu antes de se passar um tempo.

Eu me levanto – não, é mais correto dizer que eu me sinto levantar – e caminho até a entrada. As portas deslizam para o lado e se abrem, e nem tenho tempo de pensar em uma razão, porque continua sendo o mesmo som arrastado, um barulho que me leva ao passado, e então eu entro.

Não dava para ver de onde eu estava, mas havia um porteiro atrás do balcão. No entanto não é Joe; só aceno com a cabeça para ele sem parar e vou direto para o elevador. Quando aperto o botão, ajo como se soubesse aonde estou indo. Quando se faz uma coisa que não se devia fazer, geralmente dá certo fingir que se é dono do lugar, caminhando com a cabeça erguida e essas bobagens. Desta vez também funcionou. Ele corresponde ao meu aceno e continua lendo o jornal, então eu entro no elevador.

As luzes na faixa em cima da minha cabeça são aquelas mesmas de que eu me lembro. Elas sobem da esquerda para a direita, um passo de cada vez, treze pulsações no total. Uma para cada piso. O elevador para, mas meu coração continua pulsando, e mais uma vez, sem pensar, meu corpo sai e caminho até nossa antiga porta. Fico curioso, quando vejo meu dedo se esticar, para ver onde ele está indo, e de repente fico mais assustado do que nunca quando ele aperta o botão. Tudo ao meu redor está meio que distante, como se não fizesse realmente parte deste momento. Olho para a nossa antiga porta da maneira como se olha para as coisas quando se chega a um lugar novo e todos os detalhes se destacam na sua cabeça. Percebo que nunca tinha olhado para a nossa porta de verdade, não desse jeito. Quer dizer, nunca houve nenhuma razão para eu ficar aqui fora olhando para ela, como se fosse algum estranho. Tento escutar algum som que venha lá de dentro, mas a única coisa que ouço é a porcaria da minha própria respiração, e estou prestes a dar meia-volta e ir embora quando a porta se abre e o rosto de uma mulher aparece na fresta.

Ela é mais ou menos de meia-idade e tem cabelo bem vermelho, mas a primeiríssima coisa que reparo nela não é o cabelo, e sim as sardas. Elas cobrem sua pele completamente. Estão por cima dos lábios, das bochechas, da testa, até das orelhas, e combinam com a cor do cabelo perfeitamente encaracolado, de um jeito que faz a gente pensar que, de algum modo, uma coisa faz parte da outra. Vejo que sua boca se move, mas ela não pode estar falando, porque não consigo ouvir nenhum som. No começo, fico achando que há algo de errado com os meus ouvidos e engulo em seco para desentupi-los, mas daí percebo que ela não está dizendo nada, que só mastiga alguma coisa. Seus óculos se movem para cima e para baixo, no ritmo das mandíbulas, e vejo músculos minúsculos relaxarem e se contraírem até a lateral da testa.

Não preparei nada para dizer e, para ser sincero, sou meio que pego de surpresa, então fico lá parado, sem dizer nada.

Pois não?

Ela finalmente terminou de mastigar. Olha para mim por cima do aro dos óculos e há uma doçura rígida na maneira como me examina. Não é uma pessoa ruim; e isso é mais ou menos tudo que consigo apreender.

Engulo em seco e fico imaginando qual deve ser a aparência do meu rosto velho, ali, encarando aquela mulher.

Estou procurando uma pessoa, digo, mas na mesma hora mudo de ideia.

Quer dizer, nós costumávamos morar aqui.

Seus olhos não me abandonam e ela continua a me examinar de cima a baixo, provavelmente tentando decidir se chama ou não o porteiro.

Esta costumava ser a nossa casa, eu digo.

Vejo seu rosto desaparecer da fresta com a mesma rapidez com que apareceu, e então a porta bate e se fecha. Fico lá parado, me sentindo de repente muito solitário, sem mais nada além de minha última frase no ar, cortada em suspensão, quando, da mesma maneira repentina, ouço a corrente ser puxada para o lado, e antes que me dê conta estou parado na nossa antiga entrada.

É tudo tão esmagador que só consigo começar a contar para ela e então sou tomado por uma exaustão insuportável. Não consigo compor exatamente o que desejo dizer, principalmente porque nem sei o que estou fazendo ali, mas também porque mal consigo me equilibrar em cima das pernas. Sinto o aperto firme dela embaixo do meu braço enquanto dou um passo de cada vez, tomando cuidado para não ir rápido demais e, assim que me deito, desmaio no mesmo instante.

Quando acordo, estou no quarto de Daniel. Estou em uma cama e reconheço o teto, apesar de todo o resto estar diferente. O eco do sonho das batidinhas continua na minha cabeça, mas dessa vez não me surpreende. Quer dizer, fico surpreso, mas ao mesmo tempo me sinto bem por dentro, como se finalmente existisse uma ordem ali, fecho os olhos e tento voltar a escutar.

É um dia de verão e Daniel finge ser um foguete. Corre pelo apartamento todo, começando pela cozinha. Dispara pela sala, pelo corredor e pelo nosso quarto e termina sua viagem escorregando na beirada do tapete e batendo o queixo na privada no banheiro. Depois disso, dormi ao lado dele várias noites, e cada vez que acordava, a primeira coisa que eu via era esse teto. Abro os olhos mais uma vez. Ainda hoje, esse é o cheiro dele, o cheiro que ele tinha quando era pequeno.

Eu me sento ereto e coloco as pernas para fora da cama e firmo os pés no chão. Apoio a cabeça na palma das mãos durante um tempo, só o suficiente para que ela pare de rodar tanto quando me levanto. Minha boca está muito seca. Fico em pé, vou até a cozinha e procuro copos no primeiro armário, onde costumávamos guardá-los, mas só encontro pratos de comida ali. Preciso abrir todas as portas dos armários antes de encontrar o que procuro, bem no último. Minha bexiga berra comigo por dentro e me dirijo ao banheiro. Quando saio, ela está lá parada, novamente olhando para mim por cima do aro dos óculos.

Sinto muito, digo.

Não sei dizer bem por quê, mas parece que é a coisa certa a se dizer.

Enquanto ela faz o café, caminho pelo apartamento e reparo em como as coisas mudaram. Não que eu não esperasse que tivessem mudado, mas ainda assim é uma surpresa ver as coisas do jeito que estão. A única parte que continua igual é o piso. O antigo assoalho de madeira com partes gastas, liso como a pele, exatamente como eu me lembrava dele. Na verdade, foi exatamente por causa dele que escolhemos esse apartamento, para começo de conversa. Deslizar nesse piso fazia a gente se sentir capitão do próprio barco.

A mulher me deixa andar sozinho, mas sinto que me observa pelas costas. Parece mais nervosa hoje do que ontem à noite, mas fico grato por me dar espaço para peneirar o passado dessa maneira.

Paro na sala e olho para a calçada lá embaixo. Encosto os dedos na madeira que acompanha o peitoril da janela. Mary deve ter se inclinado aqui mil vezes para acenar para mim. Toda manhã durante a semana, por anos. Acho que não é de surpreender que ainda pareça quente.

Como ele ousa! Não tenho participação nesse joguinho dele. Não tenho parte nessa visita não autorizada ao passado, nesse passeio pela avenida da memória. Ah, mas que coisa, fiquei de coração partido, caralho. Ele está caminhando por um passado que não é real, olhando em retrospecto para uma vida que nem chegou a ser vivida. Está preso na ilusão de que a vida dele é tão real quanto a de qualquer outra pessoa!

Mas que bostinha arrogante! Quem ele acha que é? Minha criação, uma amostra de arte viva, parece ter desenvolvido vontade própria. Não sei como, mas isso é absolutamente fora de propósito. Deve haver algum detalhe em algum lugar que eu deixei passar. Não vou admitir isso.

Volto para o meu quarto, para o quarto de Daniel, ou acho que na verdade é o quarto da mulher sardenta, e me sento na cama. Olho ao redor e tenho a sensação estranha de que devia estar procurando alguma coisa. Não sei exatamente o quê, mas sei que essa coisa quer me ver de pé.

Dou uma última olhada ao meu redor, ciente de que nunca mais vou voltar aqui. Ajeito os lençóis, puxo a colcha e arrumo a cama da maneira mais perfeita que posso antes de sair. Quando chego à porta, ela já está lá parada.

Antes que ela tenha oportunidade de dizer qualquer coisa, pergunto.

Sabe se Joe continua por aqui?

Minha esperança é que ela diga que está tudo bem com ele, que só está nos fundos entregando alguns pacotes, mas a expressão em seu rosto me diz que ela não faz ideia do que eu estou falando.

Já faz muito tempo, balbucio e estico o braço para pegar as minhas coisas.

Enquanto espero o elevador, para sempre excluído de uma vida que já existiu, não consigo parar de pensar em Joe, enterrado a sete palmos, enrolado em seu casacão de porteiro.

Eu me afasto da casa o mais rápido possível e só quando estou a dois quarteirões inteiros de distância é que posso voltar a relaxar. Existe alguma coisa deprimente de verdade em se olhar para trás, para o passado, dessa forma. Não sei o motivo, mas acho que é porque de algum modo ele nunca combina com as lembranças que você tem na cabeça. Sempre faltam alguns quadros.

Continuo andando e acho que estou lá pela 60th Street, quando viro à esquerda e atravesso a rua. Há uma senhora parada do outro lado quando chego à calçada. Aceno com a cabeça e lhe dou bom-dia, mas acho que ela não me escuta, porque não retribui o aceno. Esse é o problema dos velhos; a maior parte deles já nem se importa mais. Já tinha pensado nisso antes, mas é só quando passo por aquela senhora que isso fica claro para mim. Depois de certa idade, a gente simplesmente para de se importar. É uma coisa terrível, mas é verdade. Gente velha assim – aposto que você poderia tocar fogo nelas que nem gritariam.

Continuo andando reto quando de repente um estrondo enorme atrás de mim me faz dar um pulo de três metros de altura no ar. Realmente, é um estrondo dos infernos, então me viro e vejo um pedaço enorme de metal do andaime caído na calçada atrás de mim. Está só a uns dois dedos do lugar em que estou parado. Caiu com tanta força que amassou o cimento e rachaduras minúsculas se espalharam ao redor, em um desenho de teia de aranha. Olho para trás e vejo a senhora lá parada, ainda olhando para o outro lado da rua, como se fosse muito normal um pedaço de metal cair do céu. Talvez simplesmente fosse surda, mas aposto que é só uma dessas velhas para quem não faria a menor diferença se ela se consumisse em chamas.

Eu me inclino para trás e olho para cima, para tentar ver se a construção toda está prestes a cair. Até puxo os canos que seguram o andaime, mas parecem bem fortes e nada mais se move, a não ser um pedaço de cobertura de plástico que bate com o vento a seis metros de altura. Olho de novo para a calçada rachada e não sei se devo rir ou chorar. Não sei mesmo.

10

Metade do tempo eu não sei por que faço as coisas que faço. Quer dizer, depois de ver aquele lugar e de quase ter sido reduzido a migalhas por aquele pedaço de metal, realmente estou com vontade de conversar com alguém. Alguém que eu conheça. Continuo andando e, quando viro a esquina, a primeira coisa que vejo são duas cabines telefônicas. Primeiro passo por elas e daí, como eu disse, sem na verdade ter me decidido a fazer isso, paro e volto.

Na primeira cabine não tem aquilo que estava procurando, mas na segunda eu encontro. Pego, coloco no balcão e abro na letra C. Ele não está lá, eu sei que não. Este não é nem o mesmo estado, mas quero fazer o procedimento completo de todo modo.

Preciso informar a ele que está tudo bem comigo. Devia dizer quanto o amo, ou pelo menos que estou na cidade e que ele não precisa se preocupar. Acho que vou simplesmente esperar para ver no que dá.

Examino todos os nomes com a letra C sem encontrá-lo e então disco seu número. Deixo tocar sem contar os sinais e daí, bem quando estou para desligar, alguém do outro lado finalmente atende.

Alô, digo para o silêncio.

Imagino-o ali, parado. Talvez estivesse dormindo e eu o acordei; ele está três horas atrás de mim. Quase dá para sentir seu cabelo tocando meu rosto.

Alô?

Não há resposta, mas dessa vez escuto um som baixinho no fundo.

Alô?, digo mais uma vez.

Então, finalmente, uma bela vozinha cantarola uma resposta para mim.

Oi.

Quem está falando?, pergunto. É você, Michael?

Ele parece contente ao escutar o próprio nome e o repete quase aos berros na minha orelha.

Michael!

Aquilo me atinge bem no estômago, é uma sensação estranha, e preciso engolir com força e beliscar a perna até doer antes de conseguir continuar.

Oi, Michael. Aqui é...

Preciso engolir de novo. ...o vovô.

Não sei de onde vem toda essa saliva.

Só há silêncio do outro lado; acho que ele deve ter desligado na minha cara, mas daí, bem quando estou prestes a colocar o fone no gancho, ouço o barulho no fundo de novo. Primeiro achei que fosse o rádio, mas agora percebo que deve ser a TV.

Michael, eu digo.

Imagino-o deitado no chão assistindo a desenhos animados. Está deitado de barriga para baixo com o telefone na orelha, que parece grande demais para a mãozinha fofa dele. Acho que até consigo distinguir as vozes sibilantes do desenho animado ao fundo.

Ouça, Michael, aqui é o vovô. O papai está?

Michael respira no bocal, pequenas respirações que tenho a certeza de sentir soprando na minha bochecha.

Papai?, ele diz.

É, o papai está aí?, pergunto de novo.

Papai! Ele berra desta vez, e parece quase aborrecido por ter sido incomodado no meio de seu desenho animado.

Michael, eu digo, tentando parecer calmo, você pode dizer ao papai que eu liguei? Diga a ele que o vovô ligou.

Então o barulho de fundo fica encoberto de novo e ouço o som de alguma coisa raspando. Fico pensando que ele deve estar rolando pelo chão com o telefone, e de repente a ligação é cortada e minhas últimas palavras ecoam do receptor vazio.

Seja um bom menino, eu digo, e desligo.

Fico parado na frente da cabine e não sei para onde, diabos, devo ir. Do lugar onde estou, há ruas que saem nas quatro direções e fico pensando que poderia simplesmente voltar e fingir que nunca nem saí do lugar. Mas isso meio que faria com que esta viagem toda fosse sem sentido, e se tem uma coisa que não gosto é quando as coisas não têm sentido.

Volto para dentro da cabine e examino a lista telefônica mais uma vez. Examino as várias seções e, quando finalmente encontro uma delas, mal posso acreditar. Mas está logo ali, impresso em letras minúsculas, ao lado de um milhão de outros, então deve ser verdadeiro. Disco o número e ouço a ligação se completar, e quase que de imediato a voz de um homem adulto atende.

Alô.

Agora sou eu quem não diz nada.

Alô? A voz continua lá.

Tento me lembrar de alguma coisa conhecida nela, de algo que eu seja capaz de recordar, mas daí ouço um clique e a ligação é cortada. Disco o número de novo e, desta vez, não espero até ele falar.

Sou eu, digo. Sou eu, repito para o silêncio.

Não estou acreditando, a voz finalmente responde.

Apesar de eu saber que está prestes a acontecer, quando uma parte do passado cai com estrondo logo atrás de mim, é tão inesperado e tão seguro quanto cair de uma cobertura. Eu me viro e espero ver um buracão aberto no chão, mas, em vez disso, vejo um homem mais ou menos da minha idade parado, e a única coisa aberta ali é a boca dele.

Caramba! Caramba!

Ele está vestido com um *blazer* azul e um chapéu, e segura uma bengala com empunhadura escura de cobre. Fica repetindo a mesma palavra, sem parar:

Caramba! Caramba!, como se fosse uma fita emperrada. Finalmente, sai do círculo vicioso e diz:

Mas que diabo, tudo bem com você?, e me olha bem no rosto.

Não sei por quê, mas seu tom de voz é igual ao das pessoas normais quando gritam.

Eu sei muito bem quem ele é, diabos, mas não o reconheço nem um pouquinho que seja. Só vejo um velho, possivelmente caduco, berrando meu nome e segurando aquela porcaria de bengala como se estivesse prestes a dar um golpe em alguém com ela. Ele fica olhando para o espaço vazio entre nós e, quando chega mais perto, alguma coisa se agita em meu cérebro. Bem lá no fundo, sob muitas camadas carnudas, algo se mexe. Observo enquanto ele manca para chegar mais perto de mim e, de repente, eu lembro. Está tudo no jeito como ele anda. Stradlater, o velho canalha. Eu seria capaz de identificar aquele jeito de andar entre mil pessoas.

Seu velho canalha, eu digo, e vou a seu encontro no meio do caminho. Ele é magro e alto, e sua mão parece seca e quebradiça quando a aperto. Podia bem ter sido um galho velho que ele estendeu para mim.

Seu velho canalha, digo novamente. Não foi ontem.

Dá para ver que ele está feliz em me ver, pela maneira como está sorrindo com a porcaria do rosto inteiro e tudo o mais.

Seu velho comedor de porca, ele diz. Com certeza não foi mesmo.

E é verdade, não foi. Foi há sessenta anos.

O aperto de mão não acaba nunca mais. Stradlater não me solta, como se um aperto de mão infinito servisse para compensar o tempo perdido. No final, solto a mão à força e ouço o braço dele estalar, como um graveto que se quebra ao meio. Mas parece que ele nem nota. Está parado bem pertinho de mim e dou uma boa olhada em todos os pedacinhos do rosto dele. Agora dá para ver que é ele mesmo. Em algum lugar atrás de todas aquelas rugas e da pele solta está o Stradlater adolescente do passado.

Seu cabelo está cortado bem curto e ficou totalmente branco. Fico imaginando o que deve ter acontecido – talvez tenha se tornado militar –, mas não tenho vontade de perguntar. Realmente não quero falar do passado com ele, do que fez, de sua família e tudo o mais. Só estou com vontade de estar com alguém do meu passado, nada mais.

Ele usa uma camisa azul-clara e, se não fosse pela cor horrível de sua pele, diria que parece mais ou menos bem. Embaixo daquele seu sorriso, parece que não sobrou muita coisa. Quer dizer, parece que ele vai cair para frente e morrer a qualquer segundo, e é por isso que deixo que leve a melhor em cima de mim.

Seu velho comedor de porca!, berra para mim de novo.

Devíamos ter um milhão de coisas para dizer um ao outro, mesmo sem falar sobre a porcaria do passado, mas só ficamos lá parados nos encarando, com o corpo balançando de leve para frente e para trás, do jeito que dois arranha-céus se movem sob o vento pesado. Ao nosso redor, há muito agito. As pessoas vêm e vão de lugares e, apesar de ter sido eu que liguei para ele, só falo mesmo para quebrar o silêncio.

Então, quer tomar uma xícara de café? Só na minha cabeça, eu completo, *seu velho filho da mãe*.

Atravessamos a rua e entramos em um café na esquina. Parece que somos os únicos clientes, tirando um velho chinês na ponta do balcão que acompanha a janela toda. Pegamos nosso café e nos sentamos na outra ponta, de frente para a rua, de modo que podemos ficar observando o mundo passar caso não sejamos capazes de pensar em nada a dizer um ao outro.

Tento dar um gole no meu café, mas hoje em dia eles preparam a bebida quente como o diabo, por isso eu o pouso e viro o corpo de lado, para ficar de frente para Stradlater. Quando faço isso, vejo que ele está chorando. Grandes lágrimas transparentes rolam de seus olhos e caem na jaqueta como bombas aquáticas. Ele não está olhando para mim; não está olhando para nada específico, para falar a verdade. Exatamente neste momento, a única coisa que ele está fazendo é enxugar aquelas lágrimas enormes dos cantos dos olhos. Imagino que seja essa a razão de ele ser tão seco quanto o diabo, com toda essa choradeira e tudo o mais, mas acho que este não é o momento adequado para fazer esse comentário.

Fico lá sentado em silêncio, esperando o meu café esfriar e Stradlater parar de soluçar. De verdade, fico com pena do sujeito. Apesar de eu não fazer a mínima ideia de qual seja o motivo de tudo isso, de fato sinto pena dele. Mas, ao mesmo tempo, desejo que pudesse simplesmente desaparecer porque não foi para isso que vim até aqui. Eu só queria que Stradlater fosse do jeito que eu me lembrava dele, um bosta arrogante, só por um minuto mais ou menos, para que o mundo parecesse conhecido mais uma vez. Para variar, eu queria me lembrar de alguma coisa que não estivesse apenas na minha cabeça. Era só isso que eu queria, de verdade.

Quer me dizer qual é o problema?, eu pergunto, apesar de não querer saber de verdade. Como eu disse, sinto pena do fulano, mas não o suficiente para ficar escutando alguma história lacrimosa. Quer dizer, todos nós temos os nossos problemas, certo?

Stradlater enxuga os olhos e assoa o nariz em um lenço que tira do bolso. Seu rosto está inchado e todo vermelho e aquele pouquinho de cor na verdade lhe faz bem. Ele parece mais saudável agora do que há um minuto.

Não dá para explicar, ele responde, e me sinto aliviado.

Daí começa a chover. É só uma chuva rápida, mas as gotas que caem são grandes e pesadas, iguaizinhas às lágrimas de Stradlater, e caem na janela à nossa frente. Pelo menos dessa vez fico feliz por estar chovendo, porque meio que faz nós dois nos esquecermos da choradeira.

Diga, ele fala, mas não prossegue, e eu não sei o que ele deseja ouvir.

A chuva lá fora faz parecer que estamos em um casulo, bem quentinhos e secos, enquanto o resto do mundo está coberto de água.

Vamos só ficar sentados aqui, certo?, eu digo, porque não estou mais a fim de falar.

Tudo bem, ele responde, mas continua a falar depois de alguns segundos, mesmo assim.

Então, como você tem andado?

Aí está o bom e velho Stradlater, nunca escuta nem uma porcaria de uma palavra que você diz. Ele parece melhor agora. O nariz continua escorrendo, mas dá para ver que ele voltou ao normal, e eu realmente não me incomodo de passar um tempinho falando bobagem com ele.

Tenho andado muito bem, escuto a minha resposta.

É a mesma bobagem que você sempre responde quando alguém pergunta se você está bem. Aposto que, se tivessem cortado o seu pé fora, mesmo assim você diria a mesma coisa.

Stradlater assente com a cabeça e enxergo seu reflexo na janela.

Na verdade..., eu digo e, no momento em que faço isso, não sou eu quem está falando. Como se fossem carregadas por uma correnteza na água, as palavras flutuam para fora da minha boca e não sei de onde estão vindo. ...eu fugi de casa.

Quando ouço isso, meu corpo se congela em um bloco de gelo, daí uma agitação passa por dentro de mim, da cabeça aos pés, e quebra todos os ossos do meu corpo. Como eu disse, metade do tempo eu não sei por que faço ou digo as coisas que faço. Acho que tem alguma coisa errada comigo.

Eu realmente quero retirar o que disse, apesar de serem apenas palavras e de ser apenas Stradlater, mas não consigo pensar em nada para dizer que possa fazer com que vá embora. Ele olha para mim e, por um momento, fico pensando que vai começar a chorar de novo. Decido que vou me levantar e ir embora no instante em que isso acontecer. Acho que não vou aguentar outra vez, mas daí o rosto dele dá um salto duplo e passa de chocado a surpreso em um segundo. Não é tão forte quanto costumava ser, o soco no meu ombro, não é como o velho Stradlater, mas, mesmo assim, dói.

Seu filho da mãe!, diz. Você não mudou nem um pouco! Quase me pegou. Seu filho da mãe!

Sorrio e viro a cabeça para o outro lado, e não sei dizer o que estou sentindo. Meu pescoço dói de ficar virado assim por tanto tempo, e ouço a chuva batendo na janela bem de leve agora, enquanto absorvo o cheiro dos *muffins* recém-assados que vem do balcão.

Estou tentando pensar se há mais alguma coisa antes que eu vá embora. Reparo, no reflexo da janela, que nós dois mexemos a cabeça de maneira ritmada. Não tenho bem certeza se isso é uma coisa que os velhos fazem; nunca tinha reparado nisso. Bem de leve, nós dois acenamos para alguma coisa, talvez as gotas de chuva ou as batidas do coração, cada vez mais lentas. Nós nos levantamos ao mesmo tempo e paramos assim que passamos pela porta.

Agora a voz de Stradlater é séria quando ele fala.

Foi mesmo muito bom ver você outra vez, ele diz, e dá para perceber que é sincero de verdade.

Apertamos as mãos de novo, e dessa vez tento ser mais suave, mas o braço dele mesmo assim faz o som de alguma coisa se partindo. Então ele se vira e começa a se afastar. Vê-lo partir faz com que eu me sinta meio besta. Não por nada que eu tenha dito, mas pelas coisas que eu não disse. Pela maneira como ele estava chorando e tudo o mais, e eu na verdade não compartilhei nada com ele. De repente, sinto o anseio de lhe dar algo de mim antes de nos separarmos.

Ei!, grito para ele escutar. Estou com 76 anos e não costumava ser assim tão confuso. Está lembrado? Eu fazia parte do time de esgrima.

Tem alguma coisa na minha voz que me assusta. Stradlater parou, mas continua virado para o outro lado. Se já houve um momento na minha vida em que realmente quis desaparecer ou sair correndo, sem ter que ficar ali parado, é este exato momento. Mas não consigo me mexer. Stradlater dá meia-volta e caminha na minha direção, no trajeto oposto, e reparo que não está mais com a bengala na mão.

A sua bengala, eu digo, e fico feliz de ver que ele não está com a bengala, na esperança de que esqueça o que acabei de dizer.

Mas é claro que ele não esquece, e tenho que ficar lá feito um idiota enquanto ele coloca a mão no meu ombro, e vejo que tem algo em seu rosto que eu nunca tinha visto antes.

Eu roubei a porcaria das suas luvas, ele diz, e dá uns tapinhas no meu ombro, para cima e para baixo, antes de retornar ao café para pegar a bengala.

Fico olhando para as coisas dele enquanto a porta se fecha sozinha, e espero que ele saia logo. Eu sempre soube que tinha sido ele, mas nunca pude ter certeza. Só que, neste momento, eu não dou a mínima para uma droga de um par de luvas.

Fico esperando por ele do lado de fora durante mais de um minuto e fico imaginando por que está demorando tanto. A bengala estava logo ao lado da porcaria da porta, e entro para ver se está tudo bem. Caminho até onde estávamos sentados e olho ao redor, mas não o vejo em lugar nenhum.

O banheiro?, pergunto no balcão, mas o sujeito que está ali só sacode a cabeça e aponta para um cartaz, que diz: "Desculpe, não temos banheiro".

De algum modo, lá no fundo eu já sei. Mesmo assim, dou mais uma olhada no lugar. Vou até o velho chinês, mas ele está dormindo com a cabeça apoiada na mesa e, apesar de saber, volto até o balcão novamente e pergunto por ele. Dessa vez só recebo um dar de ombros e, apesar de saber que Stradlater se foi, acordo o chinês com um tapinha nas costas, mas não adianta nada. Se ele em algum momento esteve aqui, já não está mais. Caiu pelos buracos da minha mente e desapareceu como uma nuvem de fumaça.

Corro até a esquina e tento me lembrar das coisas enquanto caminho. Acho que estou indo bem, mas, como é que algum dia vou saber das coisas de que não me lembro? Então, começo a contar coisas nos dedos. Nomes de pessoas que conheço, lugares onde estive, anos de acontecimentos especiais, até mesmo o número da minha conta. Está tudo lá. Procuro e tento encontrar algum lugar vazio, alguma mancha em branco lá dentro, mas não consigo apontá-los, apesar de saber que devem estar ali em algum lugar. *Talvez finalmente tudo esteja se assentando*, penso com meus botões e tento contar todos os lugares em que Mary e eu passamos férias. *Talvez eu finalmente esteja me transformando em Phoebe.*

Ha, ha, ha, ha! Só um pouco de pressão e a bolha estoura! Eu não sancionei o amadurecimento dele, portanto ele não existe. Mas que prazer é saber que as coisas continuam em ordem. Mesmo depois de todo esse tempo, não perdi o dom! Agora está na hora de girar o botão ao máximo e acabar com essa farsa.

11

A ideia me preocupa, mas não sei o que posso fazer a respeito disso. Além do mais, parece que me lembro muito bem das coisas. Talvez Stradlater simplesmente tenha usado a porta dos fundos ou algo assim, porque não queria me encarar com aquela coisa toda das luvas e tudo o mais. Até parece que eu ainda me importaria. De certo modo, até que faz sentido. Não sei o que deu em mim nesses últimos dias, de ficar preocupado com tudo, igual a uma porcaria de uma mulher.

    Caminho na direção do parque mais uma vez, não realmente por ter vontade de fazer isso, mas é meio o lugar em que por acaso vou parar. Tomo um dos caminhos pavimentados que seguem para o norte e ao meu redor há funcionários do parque usando máquinas para soprar folhas mortas e juntá-las em montes. As máquinas estão presas em suas costas e são usadas como aspiradores reversíveis para empurrar as folhas para frente, em pilhas grandes. Tudo parece tão colorido e brilhante ao sol da tarde e, enquanto caminho, eu o vejo baixar e assumir um tom alaranjado ainda mais forte, quase vermelho.

Passo pelo lago e me afasto da trilha, e sigo pela grama na direção das quadras de tênis. Estão todas vazias, e os portões estão fechados por causa da estação. Nem as redes estão armadas, acho realmente que as quadras de tênis deviam sempre ter redes, independentemente da estação. Senão, elas parecem tão tristes e inúteis, do mesmo jeito que acontece com um *resort* de esqui no meio do verão.

Perto das quadras de tênis, de onde dá para ver a cerca alta que as rodeia, encontro um banco e me sento. Não vejo ninguém mais no parque, não neste lugar, mas escuto de vez em quando o som distante de buzinas. Depois de um tempinho sentado, pensando em nada, reparo em uma mulher ao longe, caminhando na minha direção. Na verdade, a primeira coisa que vejo não é ela, e sim seu chapéu. É uma coisa de aba larga que se ergue de uma pequena bolsa, seguida por seu rosto e depois, finalmente, seu corpo envolto em um casaco com estampa espinha de peixe. Eu a observo enquanto ela se aproxima cada vez mais, ficando cada vez maior, e, quando chega ao meu banco, o céu já ficou alguns tons mais escuro.

Ela passa por mim sem nem olhar para o meu lado, para e se senta no banco ao lado do meu. Ficamos lá sentados desse jeito, poucos metros afastados, e de vez em quando me viro discretamente para olhar para ela. Está sentada do mesmo jeito que Phoebe costumava se sentar, bem aprumada, com a coluna reta como um alfinete e cada mão pousada em uma perna, acima do joelho. A luz agora está diminuindo com rapidez, então não dá para ter certeza, mas acho que ela andou chorando. Há certo brilho em seus olhos, e leves círculos pretos marcam o alto de suas bochechas. Mas de uma coisa posso ter certeza, apesar da escuridão cada vez maior: é muito bonita.

Tem cabelo loiro, comprido, o rosto bem delineado, quase esculpido, e os olhos grandes e redondos. Olha fixamente para frente, aparentemente em um mundo só seu, e nem tenho certeza se reparou em mim ali sentado, no lugar em que estou, a poucos metros de distância. Ela realmente me pega de surpresa quando começa a falar.

Aposto que você não é capaz de adivinhar quem eu sou, ela diz.

Sua voz é pequena, frágil e muito feminina.

Só depois dessas palavras é que seu corpo relaxa, como se as próprias palavras estivessem antes entaladas na garganta e, agora que saíram, ela finalmente pudesse voltar a respirar. Ela se recosta e solta um grande suspiro. Deixa as mãos deslizarem das pernas e se apoiarem no banco. Mas ainda não olhou para mim e continua com os olhos fixos no nada.

Aposto que você nunca vai adivinhar, ela prossegue e solta uma risadinha que definha com a mesma rapidez que surgiu.

De repente, um pequeno brilho aparece no gramado à nossa frente. Vejo que ela também repara nele, e logo há mais brilhos se acendendo aqui e ali. Isso parece suficiente para romper qualquer feitiço que a tivesse acometido, e ela muda o foco do mundo distante em que se encontrava para enxergar apenas os vaga-lumes ao nosso redor.

A noite chegou e agora não vai demorar muito para que fique completamente escuro. Todos os barulhos são úmidos, e ouço farfalhares em todas as árvores e pezinhos se arrastando em todos os arbustos. Metade do mundo está caminhando, e a outra metade se prepara para ir para a cama. Adoro essa parte do dia. Parece que ela também adora e ficamos lá sentados, em silêncio, observando os brilhos aparecerem do nada à nossa frente.

Um por um, sem ordem aparente, eles simplesmente se acendem por um segundo em arroubos curtos de luz, antes de desaparecer novamente no fundo escuro.

Ela fica remexendo em alguma coisa na bolsa. Só agora reparei que carrega uma consigo; quando chegou, eu podia jurar que tinha as duas mãos vazias. Por toda nossa volta, os brilhos se intensificam e acendem outra área bem pequena do parque. À nossa direita, uma reação em cadeia de explosões minúsculas se dá em um brilho que parece *laser*, que pulsa para frente em um arco entre as árvores e desaparece ao longe. Ela se senta ereta de novo, com os olhos fixos na escuridão. Imagino que seu corpo deve ser bem frágil embaixo daquele casaco, com pulsos finos e peito quase liso. Tem corpo de dançarina. Não sei absolutamente nada sobre ela, mas não posso deixar de sentir pena. Mais parece uma menina se afogando dentro de um casaco grande demais. Tenho a sensação de que eu deveria estender o braço e salvá-la, que deveria enfiar as mãos bem dentro do tecido com estampa de espinha de peixe e puxá-la para fora daquele casaco, para que possa voltar a respirar.

Talvez a única razão por que eu esteja pensando isso é porque escuto sua respiração, muito superficial. Sinto seu olhar do lado do meu rosto e torço para que não comece a chorar. Juro, se tem uma coisa que não aprendi é o que fazer quando uma mulher começa a chorar. Seus olhos queimam meu rosto, e de repente não aguento mais. Preciso estender a mão.

Olhe só para os vaga-lumes, eu digo.

Minha voz soa velha e cansada.

Eles só vivem cinco minutos por dia, e o resto é escuridão. Vinte e três horas e tanto de nada.

Tenho certeza de que não é isso que ela deseja ouvir, mas é a única coisa em que consigo pensar no momento.

Como se estivessem obedecendo às instruções de minha voz, os brilhos ao nosso redor desaparecem; um por um, eles se apagam e retornam para o pretume. Ela parou de remexer na bolsa e está com as mãos imóveis, dentro dela.

Eu..., ela diz, mas se detém de súbito.

Naquele exato momento as lâmpadas se acendem, e é uma sensação ver a luz se espalhar pelo parque e nos rodear pelo lado de fora, como um colar de pérolas gigantesco largado lá de cima.

Eu... eu preciso fazer isso, ela diz, e vejo a luz de uma das lâmpadas refletir em alguma coisa brilhante quando puxa a mão para fora.

Eu me afastei para o lado com muita rapidez e tudo agora está de cabeça para baixo. O parque, as árvores, os postes de iluminação e o banco; tudo está levemente acima e atrás da minha cabeça. Não sinto nada no começo; só escuto o golpe afiado da faca quando atinge o banco e depois o som de pezinhos correndo para longe de mim pelo cascalho, para dentro da noite.

Ergo o rosto da grama, me viro e, por um breve instante, antes que a escuridão a engula completamente, vejo suas pernas balançarem para frente e para trás, como dois pêndulos brancos embaixo de seu casaco com estampa espinha de peixe. Então a quentura cobre minha barriga.

Não sei de onde ela veio nem se era mesmo real, mas a faca que encontro embaixo do banco é tão real que imediatamente a derrubo no chão. Fico abaixado por um tempo; ainda não quero me levantar. Estou tentando encontrar o buraco na minha barriga para parar o sangramento. Ouvi dizer que as entranhas saem quando se é esfaqueado na barriga, e que é necessário tentar segurá-las dentro do corpo sem colocar sujeira nelas. Mas está escuro demais, droga, e não dá para enxergar nada aqui, então me arrasto para cima do banco e me sento ereto com o maior cuidado possível, examinando meu casaco e meu corpo em busca de buracos sob a fraca luz elétrica. Examino cada centímetro do meu corpo, mas não encontro nada, e conforme a umidade quente vai esfriando, percebo que não é sangue coisa nenhuma, mas urina. Não fui esfaqueado por aquela vaca louca; só mijei na calça.

Eu me levanto e caminho em direção ao lado leste do parque. À minha volta, escuto passos no caminho de cascalho, mas não sei se minha mente está inventando coisas ou se realmente há alguém ali. Também acho que ouço sussurros, apesar de serem baixos demais para que eu identifique qualquer palavra, mas, quando paro para escutar, não há mais nada. Apesar do acidente, minha bexiga ainda não está totalmente vazia, então caminho até o aglomerado de árvores mais próximo e me alivio até o fim. O solo bebe tudo e escuto o chiado e o lamento das bicicletas que passam velozes pelo caminho pavimentado que circunda o parque. Sei que devia me sentir feliz por estar vivo, mas sinceramente, neste momento, se pudesse escolher, não tenho certeza se teria escolhido o mijo.

Paro na calçada logo ao lado do parque para pensar sobre o que fazer na sequência. Estou mesmo muito confuso em relação a tudo isso. Quer dizer, a cidade não costumava ser assim tão perigosa, nem há sessenta anos. Naquele tempo, havia certos lugares aonde você sabia que não devia ir, mas nunca me meti em problemas, não como este, pelo menos. Houve uma vez que deparei com um desgraçado de um gorila chamado Maurice em um hotel besta, mas não foi nada nem perto de ser esmagado por um pedaço de metal que caiu do céu nem de ser esfaqueado por uma mulher louca no parque. Não sei o que aconteceu com a cidade. Talvez Nova York tenha mudado demais para que eu seja capaz de acompanhar. Por um instante, considero voltar para Sunnyside, ou até mesmo ir para a Califórnia visitar meu filho, mas a vontade só dura alguns segundos. Mais ou menos o mesmo tempo que leva para um grupo de moças aparecer na esquina.

São três, todas bem-vestidas, e caminham de braços dados, avançando em cima de seus saltos altos. Elas se assemelham a algum tipo raro de animal peludo enquanto misturam risadinhas com gargalhadas e passam bem perto de mim. Dá para ver seus dentes perfeitamente brancos brilhando na noite, e um metro e meio atrás delas flutua um fantasma invisível, uma sombra de perfume que segue seus passos. Um táxi amarelo passa e as moças erguem a mão todas ao mesmo tempo, para chamar a atenção do motorista. Então, com um ataque de riso e gritinhos estridentes, todas se apertam dentro do carro. A porta bate para fechar e o brilho vermelho das luzes de freio se apaga e, quando o táxi sai a toda velocidade, já perdoei Nova York por todos os seus defeitos.

Há alguma coisa no ar aqui que acaricia as entranhas da gente, algo que nos pega de jeito. Não se atravessa o parque a pé à noite. Não se passa embaixo de andaimes de construção. Não é assim tão difícil, se você pensar bem. Acho que Sunnyside me deixou mole. Passar algum tempo na cidade vai fazer com que eu retome minha esperteza. Além do mais, a sensação que tenho, de este ser o lugar em que preciso estar neste momento, continua tão forte quanto antes.

Eu me sinto meio agitado, mas acho que isso é bem normal depois de quase ter morrido duas vezes no mesmo dia, por isso chamo um táxi e vou para a zona sul da cidade. Tento ficar acordado ao mesmo tempo em que presto atenção em busca de um lugar para ficar. Quando vejo se aproximar, não preciso pensar duas vezes e peço para o táxi encostar.

O Roosevelt é um lugar antigo e grandioso que se assenta como um rei entronado bem na Madison Avenue. Realmente, é um prédio gigantesco, mas continua sendo um lugar classudo. Quer dizer, se prédios fossem árvores, o Roosevelt seria uma daquelas sequoias da Califórnia. É coberto por um carpete vermelho espesso em cada pedacinho de chão possível, até dentro do elevador, e a entrada se ilumina com cerca de um milhão de luzes. Quando entro, o porteiro me cumprimenta com um toque no chapéu com uma mão e abre a porta com a outra, e aperto a jaqueta em volta do corpo com mais força, para que as manchas da calça não apareçam. Pego um quarto no décimo sétimo andar, vou para a cama assim que saio do chuveiro e caio no sono em um segundo.

Parece haver alguns problemas. Claro que sempre há problemas. Parece que já não tenho o mesmo controle sobre ele. Aperto os botões certos, deixo a tinta correr e o papel rolar. Ao meu lado, uma pequena pilha se forma, mas as palavras não são mais minhas servas leais. Elas mudam de acordo com sua própria vontade, e no começo parece que me obedecem. Elas dançam quando as mando dançar, faço com que deem piruetas, saltos e mergu-

lhos, exatamente como eu costumava fazer, mas no momento em que pouso o papel e desvio o olhar, elas se dissolvem e reaparecem em constelações diferentes, com significado diferente. Eu empurro e puxo, já tentei uma infinidade de coisas, mas acho que, no máximo, parece que estou tentando amarrar os sapatos usando luvas de boxe.

Elas mudaram de lado e agora são mais aliadas dele do que minhas. Suponho que refugiados do mesmo país têm a tendência de ficar juntos. Sei que não posso culpar ninguém além de mim mesmo; já o deixei correr solto durante tempo demais. Ele tomou rumo após rumo sem mim, pisando em um quebra-cabeça gigantesco de caminhos, fazendo com que fosse impossível prever suas ações. Agora só me sobrou o menor pedacinho de corda, com o qual pretendo puxá-lo para fora. Talvez seja apenas por eu estar enferrujado, já faz um bom tempo desde a última vez. Talvez eu consiga entrar no ritmo das coisas mais uma vez.

Estou tentando uma coisa nova. O que acabei de plantar vai demorar muito tempo para se concretizar. Eu plantei uma semente, uma semente especial, do tipo que cresce rápido. Está brotando já neste momento mesmo, soltando raízes minúsculas no solo lodoso, esticando os galhos espinhentos em direção ao céu. É uma semente amarga, uma semente de ódio, uma semente de morte. Agora só preciso me recostar e deixar que a natureza entre em ação.

Fiquei com um barulho terrível na cabeça a noite toda. Dormi um sono profundo, sem acordar, mas as batidinhas simplesmente não me deixavam em paz. Estavam lá, no fundo, o tempo todo; quando acordei, sentia uma leve dor de cabeça.

Como eu disse antes, metade do tempo nem sei por que faço as coisas que faço. Por exemplo, eu me sento na cama e tento fazer a dor de cabeça passar por força de vontade. Faço isso fingindo que ela é uma pintura de cores fortes; geralmente escolho amarelo ou azul e inclino a cabeça para o lado, imaginando que a estou esvaziando, deixando a dor escorrer para fora. De todo modo, enquanto faço isso, sinto um anseio interno de que preciso ir mais uma vez a algum lugar. Não faço ideia de onde, mas está coçando profundamente no meio de mim, onde não consigo alcançar com os dedos, e saio do hotel logo depois do café da manhã. Não preciso caminhar muito longe antes de me vir a noção do que preciso fazer. Realmente, entrar no ônibus me parece a coisa mais natural do mundo.

O ônibus está estranhamente vazio, já desde o começo. As outras poucas pessoas que estão a bordo descem, uma por uma, e, quando chego lá, estou sozinho, só com o motorista. A rua está manchada de preto de óleo, mas poderia muito bem ser também de tristeza, se ela deixasse manchas. Observo enquanto a traseira do ônibus desaparece ao longe e não sei bem por quê, mas isso me faz sentir na porcaria de um filme.

Na verdade, não há nada mais aqui. A estrada pela qual acabamos de chegar faz uma curva e retorna a si mesma, transformando-se em uma cobra que come o próprio rabo, e então volta pelo caminho de onde veio. O único rumo que posso tomar é atravessar o portãozinho na cerca velha caindo aos pedaços, que se inclina mais para um lado. É o fim da linha, estou falando sério, realmente é o fim da linha para muita gente. Muitas viúvas e filhos sem pais se colocaram no lugar em que estou parado agora, erguendo os olhos na direção das pedras que marcam a encosta da colina. Elas parecem tão pequenas vistas daqui.

Que coisas são certeza na vida? Só consigo pensar em uma. As pessoas morrem. Morrem mesmo. Dê-lhes tempo suficiente que elas nunca vão desapontá-lo. Eu me viro, atravesso o portão e começo a percorrer o caminho íngreme.

Eu realmente escolhi um dia dos diabos para vir ao cemitério. É um dia tão cinzento quanto uma casa velha em que ninguém mora há meio século. Seria de imaginar que Deus pudesse inventar alguma outra cor para o cinza. Quer dizer, que bem ele faz para alguém?

Meus pais estão do outro lado da colina. O túmulo deles é o primeiro em um semicírculo de lápides. Na metade da subida, paro para retomar o fôlego. Viro para trás para olhar a cidade, onde ela estende suas pernas lá embaixo. Alguma coisa nela está diferente, mas não sei dizer exatamente o quê. Talvez seja apenas o fato de que parece triste, com o espectro de centenas de tons diferentes de tijolos sujos, com as nuvens e tudo o mais, e isso faz com que eu me sinta um pouco triste também. Bem no meio do meu peito, alguma coisa está começando a doer, quase como acontece quando a gente fica sem comer durante muito tempo. É aquela sensação de queimação que se tem quando o estômago começa a se consumir. Mas não é fome que estou sentindo neste momento.

Continuo caminhando e logo chego ao topo. Meu nome também está aqui, e um espaço vazio à espera de ser preenchido. Viro em um corredor de arbustos verdes, altos dos dois lados, e continuo avançando até chegar ao fim. Ela passou muito tempo esperando por mim aqui. Não devia ser assim.

Eu me inclino para baixo e coloco a mão em cima dela.

Já faz um bom tempo, eu digo, porque faz mesmo.

O vento farfalha nas últimas folhas, e ouço um esquilo arranhando uma árvore atrás de mim. Dá para sentir que ele está olhando para mim. Duas moedinhas quentes queimam no meu pescoço. Nunca precisei pensar no que dizer quando ela estava por perto; tudo sempre vinha em um fluxo tão natural.

Tenho andado muitíssimo ocupado, digo, e sei que ela está se dobrando de tanto rir.

Eu me abaixo para poder ficar mais próximo da lápide, mais próximo dela, e, ao deitar de lado na grama, posso me ver ali. O último endereço da vida, entalhado na pedra para durar para sempre. Não fico cheio de tristeza, de maneira nenhuma, ao pensar no dia em que chegar a hora de ir para casa. Na verdade, é bem o contrário. Já carreguei meu nome por muito tempo; agora meu nome vai me carregar pelo último trecho do caminho.

Tem um cara, um francês, que sobe todos os degraus, muitas centenas deles, talvez milhares, até chegar ao topo. Ele coloca a mão na porta e a abre; o amigo dele tomou as providências, e ele sai ao ar livre. Carrega um cabo no ombro, vai direto até a beirada e joga uma ponta para o amigo, que espera do outro lado. Ele precisa jogar três vezes até que o amigo a pegue. O dia não é bonito; as nuvens pairam silenciosas e imóveis, bem perto da cabeça deles, mas não faz diferença. Não tem vento; isso é o que importa.

A vara já está lá, ou alguém a leva até o alto, não me lembro. Ele a pega e chega o mais perto possível da beirada sem cair. Experimenta o cabo com o pé, então força para cima e para baixo para testar. O cabo é bom. Não se mexe nem um pouco. Ele respira fundo e fixa os olhos na porta quadrada de aço do outro lado. Não é longe, mas naquele momento parece estar a um milhão de quilômetros de distância, e dá um passo adiante. O mundo sacode e gira, mas o cabo é firme e os olhos dele nunca abandonam a porta de aço. Segundos se seguem por segundos, mas não dá para saber porque o tempo está em suspenso. Bem quando os dedos do pé dele chegam ao outro lado, nosso filho solta seu primeiro grito. Durante um tempo, ele aparece nos noticiários do mundo todo. O ano é 1972, e o mundo nunca mais será o mesmo.

No cemitério, é sempre a mesma estação. Independentemente de que estação seja na verdade, no cemitério sempre é outono. Aqui, até as plantas são tristes. Ao meu redor, por todos os lados, elas se postam cabisbaixas, como se houvesse amargor demais na terra da qual crescem.

Limpo a lápide de Mary tirando as folhas mortas e os galhos que se juntaram em cima dela. Então, com o indicador, traço as letras, desde o início até o fim, e depois de volta, até a ponta do dedo ficar vermelha e dolorida. Um vento começa a soprar, faz minha jaqueta balançar e joga meu cabelo no rosto, mas não tenho pressa para ir embora.

No começo, fico surpreso quando a vejo; não tanto por vê-la ali, mas pelo modo como reparo nela. Não é muito dramático. É o primeiro dia quente de verão e meus pais estão fazendo um churrasco em casa. Ela é filha de um amigo da família, e realmente não há nada fora do comum nisso. Damos um encontrão e descobrimos que há alguma coisa em nossos ângulos que se encaixa. As pontas dela se encaixam nas minhas rachaduras e as minhas rachaduras amenizam as pontas dela. Parece um diabo de um livro de amor, mas é a única maneira que encontro para descrever como foi. Simplesmente caímos no mesmo buraco por acaso. Umas duas semanas depois, já escolhemos o nome de nossos filhos.

Não tem fogos de artifício; com Mary, nunca tem. Nunca nos exaurimos completamente. Sempre deixamos alguma coisa a que retornar no dia seguinte. Pergunto se ela quer uma bebida, e ela diz que sim. Pergunto de que tipo, ela responde qualquer coisa que você estiver preparando. Mais tarde, quando peço que vá comigo até a praia, pego o brilho nos olhos dela.

Em certos dias, olho para ela e vejo o que está se passando em seu interior, mas nunca cutuco. Nesses dias, ela faz com que o ar a seu redor fique tão espesso que não dá para atravessar nem que você tente. Em um dia especialmente de mau humor, cerca de oito meses antes da travessia aérea, o apelido dela me vem. Coloco a mão na testa dela, e ela fecha os olhos e se inclina para dentro da minha mão aberta.

É disso que vou chamar você, eu digo. Porque o seu rosto é um segredo para o mundo.

Naquele momento, apesar de nenhum de nós saber, Mary está grávida.

Não consigo imaginar como vai ser. Imagino que vai ser escuro e frio – de um jeito que não incomoda –, mas simplesmente não consigo imaginar como vai ser ficar lá estirado. É um salto grande demais dos vivos para os mortos. Um abismo largo demais. Aquilo que antes dançava pelo gramado e virava uma direção de carro com uma mão; aquilo que antes foi tantas coisas.

Eu me sento no chão na frente da lápide dela e me sinto triste feito o diabo. Na verdade, me sinto tão desgraçadamente triste que seria capaz de me matar. Esse sentimento de impotência nunca esteve aqui antes, mas agora o sinto com enorme clareza no peito. É como uma erva daninha que cresce rápido, que fincou raízes aqui e agora está brotando e vai ficando mais alta e maior a cada segundo que passa. Preciso estar perto de Mary. Tudo que desejo é estar perto dela. Nunca senti uma urgência tão grande como neste exato momento. O que este mundo tem para me oferecer se tudo que desejo está aqui mesmo? Agarro o solo para pegar um punhado de terra, mas só recolho um amontoado de folhas molhadas.

Neste momento, sou mais velho do que qualquer pessoa da minha família jamais foi. Mais velho do que meus pais, Mary,

Daniel, Phoebe, D. B. e, é claro, Allie. Imagino se Daniel algum dia vai se colocar neste mesmo lugar e tentar ver o pai e a mãe através da terra e das folhas. Não quero pensar sobre isso. Sinto a umidade da grama penetrar pelo tecido da minha calça, mas não saio de onde estou. Olho ao redor, para a área à minha frente, o pedacinho de solo marrom que é a minha vida. Literalmente, estou com um pé na cova. Neste momento, estou mais próximo da morte do que jamais estive.

Pela primeira vez, reparo na lápide ao lado da de Mary. Na verdade, nunca olhei para as outras, mas agora que estou sentado aqui, meus olhos passam pelas outras lápides e param na que fica ao lado da de Mary. Nem preciso me inclinar mais para perto para ler o texto, apesar de a lápide parecer muito antiga. Peter Murphy. Ele repousa ao lado dela há tantos anos e eu nem tinha reparado. No mesmo instante, um aperto de ciúme toma conta do meu coração. Sei que não faz sentido me sentir assim. Quer dizer, é só uma lápide besta. Mas, mesmo assim, o pensamento está lá e não vai embora. Fica acomodado na minha cabeça e se repete, vez após outra. Devia ter sido eu. Devia ter sido eu. Mas foi outro homem o tempo todo. Então uma gota de chuva cai na minha cabeça e na mesma hora começo a chorar.

Recebo as instruções no café da manhã. Em uma semana é a minha vez, na semana seguinte é a dela. Nunca falamos sobre essas caças ao tesouro com mais ninguém; são os nossos segredinhos. À noite, ficamos deitados de conchinha, contando um ao outro sobre a caçada. Mary quer saber todos os detalhes. Tento traçar uma imagem de uma certa esquina e de um vendedor de guarda-chuvas, logo antes que eu os encontrasse. Sinto a quentura dela nas minhas costas e penso na próxima vez. Um buraco bem alto em uma parede atrás de um cano preto em Chinatown, ou embaixo de uma pedra sob o quinto carvalho do parque na frente do museu. Toda a ilha de Manhattan é a nossa arca do tesouro, e os bilhetinhos, nossos tesouros. Nós os guardamos todos em uma caixa de sapato velha. Alguns são poemas e alguns são mensagens engraçadas. Alguns só dizem eu te amo. Eu ainda tenho a caixa. Quando se ama alguém, tem tanta coisa que você quer falar sobre a pessoa que acontece o contrário.

    O céu se abriu e a chuva se derrama por cima de mim e por tudo ao meu redor. A chuva é como uma parede que desce, e eu enxergo os arbustos através de uma névoa e logo não sei dizer o que é o quê, a chuva oleosa ou minhas lágrimas salgadas.

    Preciso tanto dela neste momento; nunca precisei tanto como agora. É tão urgente que tenho medo que meu coração se quebre ao meio e caia para dentro das minhas pernas ocas. Sei que é ridículo e que eu deveria ser mais esperto, por ser um velho e tudo o mais, mas simplesmente está fora do meu controle. Não me importo se é infantil ou imaturo ou até insano. Preciso estar perto de Mary agora ou vou perdê-la para aquele homem para sempre. Sinto isso com tanta certeza quanto sinto a chuva pingando na minha testa, e assim, sem mais nem menos, a ideia está lá.

    É uma revelação que aparece como um pensamento, e faz com que meu choro cesse instantaneamente. Apesar das gotas frias, meu rosto parece corado e me sinto envergonhado e aliviado ao mesmo tempo. É tão simples. Não consigo entender por que não pensei nisso antes. Acho que simplesmente não tinha visto as coisas com clareza até agora. E o que é aquilo que vejo através da névoa da chuva quando me sento na grama molhada, na frente do túmulo da minha esposa? Vejo a verdade. E a verdade é que não quero mais ficar por aqui. Sinto no coração, é a coisa certa a ser feita. É a única coisa a ser feita. Já terminei e acabei tudo que precisava fazer na vida. O que vejo é Mary e eu, lado a lado, como dois pardais adormecidos.

Eu me levanto do chão um pouco rápido demais e meus joelhos reclamam com dois estouros que parecem tiros. Estou tão determinado que nem me despeço direito de Mary. Simplesmente enfio as mãos frias nos bolsos e começo a me afastar.

A gente se vê em breve, digo, enquanto meus olhos examinam as árvores à procura do esquilo.

Não consigo vê-lo em lugar nenhum e desço pelo outro lado da colina. Perto do estacionamento há uma capela, e entro sem bater.

O interior da capela é frio, parece uma caverna. Meus sapatos estão molhados e guincham contra o chão, e o som ecoa pelo lugar amplo e vazio. Avanço ainda mais para o fundo e, bem quando começo a pensar que o lugar está vazio, um homem sai das sombras no canto. Parece uma coruja com barba comprida e emaranhada. Usa óculos de aro fino de metal que se assentam confortáveis no nariz carnudo. Ele olha para mim com olhos aquosos que saltam das órbitas, e por um instante fico achando que não passa de um sem-teto que busca se abrigar da chuva, mas, quando fala, percebo que o lugar lhe pertence.

Eu preciso saber, digo.

Fico onde estou e espero até que ele volte do porão, carregando um livro grande e velho. É o maior livro que já vi, tem capa de couro e uma faixa também de couro que o envolve para mantê-lo fechado. O velho quase o derruba na mesa, fazendo um barulho alto que levanta uma nuvem de poeira no ar. Um cheiro escuro e rançoso se ergue do interior e enche a sala toda quando ele o abre na primeira página.

Ele ajusta os óculos e começa inclinando-se por cima do livro, examinando cada página de maneira metódica, da esquerda para a direita. Enquanto faz isso, fica balbuciando alguma coisa, mas não consigo distinguir bem o que é. Tenho o impulso de perguntar, mas não chego a fazer isso, porque sinto que não devo perturbá-lo.

Já ouvi falar de trens, armas, gás, prédios altos e trancar-se na garagem com o carro ligado, mas nunca tinha pensado nisso. Nem achei que fosse possível antes de ouvir. A única coisa que sei a respeito de Peter Murphy é o que está escrito em sua lápide, e finalmente, depois de todo esse tempo, ele resolveu falar comigo. O nariz do velho quase encosta no papel e, quando abro a boca para perguntar, ele começa a ler. Sua voz é profunda e ronronada, e dou um passo à frente para poder olhar para o papel amarelado. Ali, embaixo do nome Murphy, no ano de 1932, posso olhar para o futuro.

Levado pelo mar. Fecho os olhos e repito, vez após outra, na minha cabeça, até ouvir o velho guardião dos portões fechar o livro sobre Peter Murphy.

Ouvi dizer que é lindo, ele diz.

Preciso esperar vinte minutos até o ônibus chegar e, assim que chega e eu me sento, caio no sono. Reparo no mundo do lado de fora e escuto o motor, mas não estou presente. Quando acordo, o ônibus está se afastando com rapidez da parada da 38th Street, e esfrego os olhos e me preparo para descer na próxima. Não tenho certeza sobre o que preciso fazer antes, nem se devo ir para lá diretamente, mas quando o ônibus se afasta e eu me viro, vejo meu próprio reflexo em uma janela e já sei o que devo fazer primeiro.

Quase não consigo me reconhecer. Meu cabelo, apesar de pouco, para começo de conversa, está uma confusão, todo virado para um lado, embaraçado em um tipo de bola. Minha calça está toda amassada e nas pontas das mangas da minha jaqueta há pedaços de terra pendurados. Estou com cara de quem rolou para baixo da encosta molhada de uma colina ou algo do tipo. De todo modo, minha aparência é ridícula, mas o que é ainda mais importante: acho que Mary não ia gostar de me ver assim. Preciso chegar de maneira digna e adequada, não vestido feito um camponês.

Começo a caminhar de volta ao hotel e, pelo caminho, presto atenção em busca de um lugar adequado. Acontece que nem preciso ir longe antes de encontrar. Na esquina da Lexington com a 41st Street, encontro uma loja de roupas masculinas que parece distinta. Chama-se Max's Tuxedo, e então eu entro.

Uma campainha antiquada soa do alto, sabe qual, aquele tipo que se usava há séculos, e um homem aparece de trás de uma cortina sem fazer nenhum ruído. É impossível adivinhar sua idade, ele tem aquele tipo de rosto atemporal, com a pele esticada bem firme por cima das bochechas. O cabelo é bem curto, de um cinza-aço, e, apesar de já ter entradas, tenho certeza de que é pelo menos dez anos mais novo do que eu. Não é difícil adivinhar que, para coroar tudo isso, ele tem um bigode cuidado de maneira meticulosa. É comprido e eriçado e perfeitamente simétrico, e termina em duas curvas suaves. Ele me olha de cima a baixo, ali mesmo no lugar onde estou parado, logo depois da porta.

Fui pego de surpresa pela chuva, digo, e ajeito o cabelo para o lado.

Se ele acha que é estranho entrar em uma loja de *smokings* assim sem mais nem menos, só para comprar uma muda de roupa, com toda a certeza não deixa transparecer. Age como se fosse a coisa mais natural do mundo, como se recebesse dois ou três clientes como eu todos os dias.

Muito bem, senhor, entre, ele diz e estende o braço na minha direção.

No começo, fico achando que ele quer me cumprimentar com um aperto de mão, mas, quando chego mais perto, percebo que quer pegar meu casaco. Eu o entrego e observo quando desaparece com ele atrás de uma cortina, segurando-o como quem carrega um cachorro morto. Eu me sento em uma poltrona de couro e espero que ele retorne.

Olho ao redor, para a loja, e vejo fileiras e mais fileiras de *smokings* pretos pendurados em paredes forradas de cerejeira. É a mesma coisa quando ele volta; não faz barulho nenhum. De repente está lá, parado ao meu lado.

Preciso dizer, falo e faço uma pausa.

Ele entra bem no momento em que dou a deixa – ele daria um mordomo excelente – e diz Max, e faz um sinal com a cabeça para a placa em cima da entrada da loja.

Preciso dizer, Max, eu falo e olho bem nos olhos dele, preciso de alguma coisa para um enterro.

Max pede que eu me levante e, enquanto faço isso, dá uma volta em mim e logo mergulha nas fileiras da parede. Entra e sai com muita suavidade, vai até a extremidade da parede e, quando volta, traz um terno preto nas mãos.

Acredito que este seja apropriado para o senhor, ele diz.

O provador é feito de uma cortina de veludo vermelho grosso, pendurada do teto em forma de quadrado. Eu me sento na banqueta lá dentro e começo a desamarrar os sapatos. Max pendura o terno em um gancho, fecha as cortinas atrás de si e me deixa sozinho. Há uma luz no teto, um espelho no canto e a banqueta em que estou sentado, mas, fora isso e o casulo de veludo vermelho que me rodeia, está vazio.

Começo a abaixar a calça, mas só chego no meio das pernas e me vejo no espelho. Um velho com o cabelo todo desarrumado para um lado está olhando para mim. Seus ossos se projetam por baixo da pele flácida e a testa está amassada em dobras profundas de reflexão. *Estou fazendo a coisa certa*, digo a mim mesmo. *Daniel vai compreender.*

Está tudo bem, senhor? A voz do lado de fora parece abafada e distante.

Visto a calça e começo a amarrar os sapatos.

Senhor? Ouço a voz de Max mais uma vez, bem quando puxo as cortinas para o lado.

Vou levar, digo e entrego a ele.

Quando chego ao balcão, meu casaco já está pendurado no mancebo ao lado da porta. Toco nele e ainda está quente. Daí uma coisa estranha acontece. Quando Max me entrega a sacola, sua mão se demora sobre a minha intencionalmente por um segundo a mais. Quer dizer, sei que é intencional pela maneira como ele faz. Além do mais, não parece ser típico dele fazer uma coisa assim; não combina com seu caráter, e é por isso que fico surpreso.

Senhor, se me permite, gostaria de lhe dizer uma coisa. Apesar de manter os olhos apontados para mim, parece que na verdade não me vê. Parece mais que está olhando para longe. Acho até que vejo o mais discreto dos sorrisos estremecer por baixo do bigode enquanto ele fala. Não há razão para estar vivo só por estar vivo. E é só. Assim que termina, deixa a mão soltar da minha e seu olhar volta ao normal. Ele me olha nos olhos e agora é o mesmo homem distinto que vi quando entrei na loja. Tenho certeza de que ele sabe que nem experimentei o terno, mas jamais faria qualquer comentário. Não sei que conclusão tirar, realmente não quero começar a puxar esse fio da meada. Há coisas que preciso fazer.

Adeus, digo, e a campainha do alto permanece na minha cabeça por vários quarteirões.

13

Dou uma passada rápida no meu quarto para trocar de roupa, mas não me dou o trabalho de tomar banho, porque vou me molhar mesmo. Só penteio o cabelo e visto meu terno novo, e, quem diria, Max tinha razão; serve perfeitamente.

Tomo um táxi até Battery Park, mas desço no marco zero e caminho o resto do trajeto. Eu me sinto bem com meu terno novo; nem lembro qual foi a última vez que vesti um destes. Isso não acontece sempre na vida da gente, as vezes que se veste um terno novo, quero dizer. A gente sabe que, quando faz isso, ou é o melhor ou o pior dia da vida de alguém. E, quando você vestir um pela última vez, nem vai reparar. Exceto nas exceções. Como neste exato momento.

Estas são as mesmas águas, onde o Hudson encontra o East River, onde Peter Murphy foi levado para o mar. Ele trabalhava no South Seaport, na balsa que faz a travessia até Staten Island, e um dia simplesmente desapareceu do convés.

Escolho um lugar na ponta mais ao sul de Manhattan e me inclino sobre a amurada entre mim e a água. Uma mãe passa atrás de mim com o filho em um carrinho, e tenho vontade de comentar com ela como o dia está lindo. Porque está mesmo. O céu abriu e tem o mesmo tom azul dos olhos de um bebê, e gaivotas entram e saem da água, carregando pedacinhos de comida no bico. Logo, logo a gente chega ao ponto em que precisa encontrar razão em tudo isso. Acontece com todo mundo. E daí você simplesmente escolhe.

Um funcionário do parque passa pelas minhas costas em um carrinho de golfe. Está falando no rádio e, quando o vejo fazer a curva em uma esquina, coloco uma perna do outro lado da grade, seguida pela outra. Eu me equilibro na bordinha e realmente me sinto bem com meu terno novo e, daí, caio para frente. Dizem que é bonito.

A água é muito fria e escura, tem um tom quase de azul-aço. Uma espuma se formou na superfície e vejo quando aparece em nuvens minúsculas ao redor da minha cabeça durante alguns segundos antes de se afastarem de mim com a correnteza e desaparecerem. No começo, agito as pernas e movo os braços para permanecer na superfície, sem me dar conta do que estou fazendo. Então, assim que percebo, eu me forço a relaxar e tento enfiar as mãos nos bolsos do terno, mas aí percebo que ainda estão costurados. Em vez disso, enfio as mãos nos bolsos das calças, inclino-me para trás e espero acontecer. A correnteza está me puxando para fora e depois para trás, mais ou menos em um círculo. Vejo a beirada e a ponta das árvores do parque no alto, depois uma parte de New Jersey ao longe, e por fim a água livre. Dou voltas e mais voltas e, por algum motivo, antes de afundar, respiro fundo.

No começo, eu não a reconheço. Só vejo uma mulher de cabelo ruivo comprido. Ela está no fundo, e vou caindo lentamente em sua direção. Parece estar à espera de alguém; quando atinjo a lama compacta, percebo que é Molly.

Allie morreu há muito tempo, e o negócio é que você não tinha opção além de adorá-lo. Não estou brincando, todo mundo o adorava. Apesar de ele tentar ir atrás da gente quando andávamos de bicicleta no antigo cemitério ou saíamos para uma caça ao tesouro atrás de Leeman's Cove e o deixávamos para trás, ele nunca ficou magoado. É verdade, acho que nunca vi Allie magoado, nem uma vez. Apesar de ser o mais novo, em muitos aspectos era o mais adulto de todos nós.

Quando ele morreu, tudo mudou. Phoebe era pequena demais para se lembrar, mas minha mãe e meu pai mudaram muito. Eu me lembro de a minha mãe ter ataques de nervos sem motivo aparente, e o meu pai começou a passar mais tempo no escritório, mais ainda do que antes. Nunca soube de verdade o que aconteceu com D. B., como ele se sentiu e tudo o mais. Ele foi para a faculdade logo depois e daí se mudou para a Califórnia e escreveu aquela história sobre os peixinhos dourados. Só quando mandaram as coisas dele para Nova York é que descobri como tinha sido difícil para ele. Nem consigo me lembrar de ter visto D. B. chorar, nem uma vez, apesar de ele ter sentido mais a morte de Allie do que qualquer um de nós.

Quando falo com ele, a TV mostra incêndios avassaladores nas colinas da Califórnia. Ele me diz que enxerga colunas de fumaça negra da janela da cozinha de sua casa. Parece cansado.

No horário da costa oeste, é de manhã cedo. Minha mãe liga antes do meio-dia. É uma terça-feira de novembro. O médico nos diz 5h02. Isso significa que acabei de dar minha primeira aula. O bilhete diz: "Ligue para a sua mãe". Ela não profere as palavras, não de imediato; ainda torce para que alguém tenha cometido um erro.

O seu pai pegou um avião e está indo para lá agora mesmo.

A voz dela ecoa no receptor, como se estivéssemos a cinco milhões de quilômetros um do outro.

Você precisa vir para casa, ela diz.

Há uma enorme lacuna dentro de mim. Um espaço se abriu e nunca mais vai se fechar. Fica bem ali, ao lado de outros espaços abertos, e por mais que eu tente, ele se nega a se fechar. Corro para lá o mais rápido possível. No caminho, fico imaginando se é assim mesmo que a vida deve ser. Você começa inteiro e acaba igual a uma porcaria de um queijo suíço.

Tudo é tão imóvel embaixo d'água. Fui submergido em um mundo em câmera lenta em que até meus pensamentos demoram mais para atravessar o abismo na minha cabeça. Não dá para saber de onde vem a luz, mas vejo Molly com clareza quando ela se coloca ao meu lado. Seu rabo dourado brilha na água turva que se agitou do fundo. Bolhas minúsculas escapam do meu nariz e disparam para a superfície na frente do meu rosto. Molly estende o braço ao redor das minhas costas e belisca meu pescoço de leve e, quando faz isso, sinto a quentura chegar até os meus ossos.

Colocamos as caixas no meu antigo quarto. Lá dentro, o cheiro é o mesmo de dez anos atrás, como se o ar tivesse ficado preso em uma garrafa durante todo esse tempo. Começo com a que está no topo e vou descendo de uma a uma, passando sempre para a que está logo embaixo. Tento me concentrar nas coisas que estão dentro das caixas e não no choro da minha mãe. Uma após a outra, vou pegando coisas e as encosto no rosto antes de colocá-las de lado. Não dá nem para começar a descrever a sensação besta de ver tudo daquele jeito, sete caixas que representam uma vida inteira.

Chego à última caixa. É pesada demais para ser movida, por isso me sento no chão, ao lado dela. Dentro, há pilhas de cadernos, e pego o primeiro e começo a ler. Cada página está cheia de palavras, palavras que foram a vida do meu irmão.

Meus olhos doem e a rua lá embaixo ficou em silêncio. Meus pais fecharam a porta do quarto deles e já não escuto os soluços da minha mãe. A caixa está vazia e estou preenchido até a tampa com os pensamentos e as ideias do meu irmão. Olho em volta do quarto e, em um borrão, vejo meu chapéu de caçador vermelho pendurado do lado da minha cama e, uma por uma, lágrimas molham a pilha de cadernos no meu colo. Morte por *overdose*. Três palavrinhas que mudaram a vida de todos nós.

É um dia ensolarado e o céu é de um azul limpo. Está tão azul que o ar vibra quando se olha para o horizonte. O sol bate no enorme volume de cabelo de Molly quando ela entra no minúsculo banco traseiro, deixando o da frente para mim, e ilumina sua cabeça como se fosse uma bola de fogo. Coloco o banco para trás e me sento e, quase no mesmo instante, ela dá um beliscão de brincadeira no meu pescoço. Geralmente esse tipo de coisa me deixaria louco, mas agora parece bom.

Molly é uma daquelas ninfas de Hollywood que parecem ter sido feitas para ficar esticadas na beira da piscina o dia inteiro e ir a coquetéis à noite. Ela pode beliscar o meu pescoço quanto quiser.

D. B. abaixou a capota e acelera para fora do estacionamento, prosseguindo por todo o caminho pela Pacific Coast Highway sem tirar o pé do acelerador. O carro é novinho e urra e berra de baixo do capô, mas continua chapado na estrada. O cabelo de Molly esvoaça para trás em uma nuvem de vermelho, fazendo com que ela pareça uma medusa maluca no alto de uma colina. Olho para ela no espelho e reparo que seus lábios são perfeitamente vermelhos e estão levemente abertos. D. B. se volta para mim e sorri. É um sorriso de lobo que dura só mais ou menos um segundo, mas um segundo que se prolonga por uma eternidade. Ele aperta a direção com força, com as mãos calçadas em luvas de couro, e nos leva em velocidade estonteante pelo litoral, em uma linha fina, reta como uma flecha de prata, entre o Pacífico que urra e as pedras escarpadas.

Alguns dias depois de encontrar o último caderno, recebo uma carta. É de Molly. "Eu conheço o seu irmão", ela começa e, então, quase que de imediato, se corrige. "Eu conhecia o seu irmão." Antes mesmo que eu possa continuar, imagino-a lá, sentada. Está na mesa da cozinha da casa dela, fumando um cigarro enquanto me escreve esta carta. Seus cotovelos repousam sobre a velha toalha de vinil, e uma de suas sandálias gastas está pendurada nos dedos, longe do calcanhar. Do lado de fora, no ar quente da noite, os grilos noturnos cricrilam. "Achei que você devia saber o que aconteceu com o seu irmão." Quase consigo sentir o cheiro do cigarro dela no papel. "O tipo de vida que ele levava", ela prossegue. "Ele falava muito de você, do irmão solto naquela cidade desgraçada de Nova York. Ele achava você o máximo, sabe? É por isso que acho que você devia saber o que aconteceu." Seus cachos ruivos caem para frente quando ela se inclina por cima da carta, segurando a ponta do cigarro na direção da janela aberta. "Acho que você sabe que D. B. tinha problemas com drogas. Já fazia algum tempo que ele tinha esses problemas." A fumaça se esgueira pela fresta e desaparece pela noite sem ruído. "Não sei quanto você entende de drogas, mas elas levaram embora partes do seu irmão que eram partes do eu dele. Às vezes ele ficava tão mal que nem se lembrava de mim."

Vejo diante de meus olhos, da maneira como Molly conta, a imagem de D. B. tropeçando porta adentro, tarde da noite. Seus olhos estão injetados e sua camisa amarrotada. Seu cabelo está eriçado e uma camada de suor cobre seu rosto pálido. Quando ele entra pela porta, para porque não reconhece a mulher sentada na cadeira ali dentro. "Ele tentou obter ajuda muitas vezes, foi a clínicas e a médicos, mas, depois de algumas semanas andando com as pessoas de sempre, voltava ao que era antes." Mais para o fim, a carta fica confusa, como se a pessoa que está escrevendo estivesse com pressa para acabar. Termina assim: "Por favor, não se culpe. Molly".

Há certa agitação na superfície, mas não posso me incomodar com isso agora. Estou aqui e isso está acontecendo em algum outro lugar. Molly também repara, ergue os olhos e solta meu pescoço. Quando faz isso, no mesmo instante meu corpo fica frio e começo a tremer. Já não saem bolhas do meu nariz, e vejo Molly com clareza diante de mim. Ela nada ao meu redor uma vez e então para com o rosto a um dedo do meu. Parece preocupada. Seus lábios são perfeitamente vermelhos e levemente abertos, e por um instante acho que ela está prestes a me beijar. Daí tudo se move com rapidez, mais rápido do que devia embaixo d'água. Vejo o fundo lamacento se afastar de mim de repente, e a única coisa em que posso pensar é por que Molly está puxando meu cabelo com tanta força.

Está no fundo da última caixa. No começo não vejo porque escorregou para baixo de uma das abas de papelão. Só um cantinho está visível, e é por pura sorte que o avisto. Tiro o caderno de lá e o pouso na palma aberta da minha mão. É um caderno comum, um modelo barato de espiral comprado em algum supermercado, e tenho medo de abri-lo; tenho medo porque é o último.

Fico lá sentado durante muito tempo, tentando imaginar o que está escrito nele só de olhar para as cinco palavras rabiscadas na capa. Fico segurando-o assim, na palma da mão, aparentemente durante várias horas, até que escuto o caminhão de lixo engasgar na rua lá embaixo. Aí eu sei que é de manhã.

No fim, nunca chego a abrir o caderno. Eu o devolvo para baixo da aba e o cubro com cuidado com os outros. Não quero que as coisas mudem jamais. Quero mantê-las como estão. Imagino que, desde que eu não abra aquele caderno, um dia D. B. vai vir me buscar com o carro novo, e Molly vai se sentar no banco de trás, beliscando meu pescoço de brincadeira, e vamos disparar pela estrada na flecha de prata dele, e ele vai sorrir para mim sob o sol da tarde. O piso do banheiro de um hotelzinho barato em Sunset não importa. O que importa é o sol, o carro, o vento no nosso rosto, o cabelo ruivo de Molly, as luvas de couro e o sorriso do meu irmão. Isso e aquelas cinco palavrinhas.

14

Sr. C.! Sr. C.!

As palavras soam tão altas no meu ouvido que fazem minha cabeça doer. Tudo ao meu redor está amarelo e, quando tento falar, um fluido grosso sai da minha boca no lugar das palavras. Eu me sinto deslizar para dentro da água mais uma vez, onde é quente e agradável, mas só por um segundo. Quando me dou conta, estou de volta ao amarelo, e a mesma voz perfura o meu cérebro.

Sr. C.! Sr. C.!

Por que não podem simplesmente me deixar dormir em paz?

Ouço uma sirene ao longe e ela soa bem mais agradável do que a voz no meu ouvido. Concentro-me no ruído metálico e tento me aproximar dele, ir para longe da voz, mas não encontro meus braços nem minhas pernas. Quero erguê-los, mas não sei por onde começar.

Não consigo mais escutar a sirene, apenas o som de alguém respirando forte no meu ouvido. Daí sinto uma pressão no peito e vomito novamente. O fluido dá uma sensação boa e quente na minha barriga e me sinto flutuar no ar e ficar pairando lá por algum tempo. Então, volto a descer e estou deitado com as costas no chão. Alguma coisa vem do lado e se arrasta para cima do meu rosto, talvez um siri gigante, mas não pode ser um siri porque é peludo. É uma espécie de animal peludo e está sentado bem em cima do meu rosto, e sinto o cheiro de alho dele. A última coisa que escuto antes de tudo escurecer, mas agora de longe, é a mesma voz que me chama:

Sr. C.! Sr. C.!

Que bobagem é essa? Será que existem buracos nesse mundo que não conheço? Portas dos fundos de outras histórias, ou mesmo de outros mundos? Não pode ser. Não deve ser. Chega a ser impossível. Só pode ser obra do acaso, intervindo com a minha criação. Igualzinho a uma árvore que cai na floresta, esmagando um caçador prestes a puxar o gatilho para cima de um cervo. Às vezes essas coisas acontecem e não dá mesmo para prevê-las, da mesma maneira que não é possível prever um raio. Vou pegar minha pena e retomar o controle.

A sopa está muito quente e amarga. Minha língua se encolhe cada vez que a senhora a coloca na minha boca com uma colher de cerâmica. Ela não me diz nada; simplesmente move a colher da tigela para a minha boca e de volta à tigela mais uma vez. Seu cabelo é grisalho e está preso no alto da cabeça em um coque que espirala para cima, cada vez mais fino, em formato de barraca de índio. Quando abro a boca para receber mais uma colherada, pego um vislumbre do quarto atrás dela e vejo que não há mais mobília ali, nenhuma cadeira ou mesa, além do colchão em que estou deitado. A senhora está sentada de pernas cruzadas ao meu lado, direto no chão. Está com a tigela no colo e, cada vez que me dá uma colherada, dou outra olhada ao redor.

Reparo em duas janelas perto do teto, e na frente de uma delas tem uma gaiola de arames finos pendurada no alto. Lá de dentro, dois pintassilgos amarelos olham para mim em silêncio. Ouço um tagarelar distante, vindo de algum lugar lá em cima, e os pintassilgos parecem amedrontados com minha presença. Quando termino a maior parte da sopa, a senhora me deixa sozinho sem dizer nenhuma palavra. Estou coberto com muitas mantas, até o nariz, e fico lá tremendo por um momento, antes de fechar os olhos e cair no sono.

Quando acordo, Charlie está sentada no chão embaixo de uma das janelas e agora percebo que estamos abaixo do nível da rua. Uma floresta de pernas passa caminhando do lado de fora e fico imaginando o que ela está fazendo aqui. Será que isso é parte de um sonho? Deve ser. Ela me pega olhando para ela, se aproxima e senta ao meu lado, de pernas cruzadas, do mesmo jeito que a senhora tinha feito.

Coloca a mão na minha testa e daí sei que não é um sonho. Sr. C., como está se sentindo?

Eu me lembro de que Charlie gostava dos antigos clássicos. *O último dos moicanos, Sete léguas submarinas, O chamado da floresta* e muitos outros. Era quieta e educada e sempre entregava os trabalhos no prazo.

O senhor caiu na água, sr. C.

Ela afasta a mão e começa a ajeitar as mantas. Está tentando fazer com que fiquem ainda mais para cima e, quando fica satisfeita, prende-as bem em volta do meu pescoço.

O senhor tem sorte por eu ter visto.

Tento me lembrar sobre o que era seu projeto especial, mas parece que neste momento não consigo.

Apenas descanse um pouco, sr. C., Charlie diz e me deixa sozinho mais uma vez.

As cobertas empilhadas altas sobre o meu peito pesam cerca de uma tonelada, e dobro metade delas para baixo para conseguir respirar. Imediatamente me sinto melhor. Sinto a bexiga pressionar o estômago, me aperto para fora das cobertas e me sento ereto. Pela primeira vez desde que acordei, percebo que estou totalmente nu. Olho ao redor do quarto para ver se minhas roupas estão em algum lugar por perto, mas não as avisto e me arrasto de volta para a cama, sem saber muito bem o que fazer. Mas, depois de apenas cinco minutos, começa a doer demais e não consigo mais segurar, então me levanto novamente. O chão é gostoso e quente sob os meus pés, e uso uma das mantas para me cobrir. Eu a enrolo em volta da cintura e atravesso a mesma porta pela qual Charlie e a senhora desapareceram.

Na escada, há muitas coisas. Avisto duas bicicletas, caixas cheias de revistas velhas, algo que parece ser sacas de arroz e um caiaque amarelo encostado na parede. Ali fora o chão é frio, e me movo com a maior rapidez possível sobre cada degrau que leva ao primeiro andar. Não sei para onde ir. Vejo a rua através da porta de entrada e um casal asiático subindo a escada. Dou meia-volta e desço apressado, porque não quero que me vejam, pelo menos não desse jeito, e me esgueiro atrás do caiaque e me alivio em um frasco de tinta vazio.

Bem na hora em que volto para a cama, Charlie entra pela porta novamente. Ela se senta ao meu lado e coloca a mão na minha testa. A sensação é fria e macia contra a minha pele.

Vou dizer à vovó que lhe traga um pouco mais de sopa, ela diz, e sua voz já não soa mais estridente em meus ouvidos.

Digo que estou bem e pergunto se ela pode por favor trazer minhas roupas, e que agradeça a avó pela sopa, mas eu não conseguiria comer mais naquele momento, de jeito nenhum. Ela sai e volta depois de cinco minutos com meu terno seco e bem dobrado em uma pilha.

Obrigado, Charlie, eu digo quando termino de me vestir, e ela se vira de onde estava, olhando para o canto.

Não sei bem o que aconteceu. Acho que tentei pegar alguma coisa e caí.

Ela não diz nada e, de um jeito um tanto esquisito, não quero olhar para ela. Dá para sentir seus olhos em cima de mim, mas mantenho os meus nos pintassilgos na gaiola, e eles por sua vez olham para Charlie. Juntos, formamos um perfeito triângulo de atenção.

Sr. C., ela diz finalmente e sorri para mim, só fico feliz por o senhor estar bem.

Não tenho certeza se é o mesmo dia ou se Battery Park aconteceu ontem, mas acho que continua sendo o mesmo dia. Saímos da casa e entramos em uma rua que não posso dizer que reconheço, mas sei que fica em algum ponto de Chinatown. O céu está encoberto e acho que deve ser outro dia, afinal de contas. Tentei ir embora sem Charlie, mas ela insiste em me acompanhar. Continuo me sentindo cansado e com frio, até o fundo dos meus ossos, mas não quero discutir depois do que ela e a avó fizeram por mim. Quer dizer, como é que elas podiam saber?

Depois de apenas mais ou menos um quarteirão, eu me sinto cansado demais para caminhar, então chamo um táxi e Charlie entra logo atrás de mim. Ela vai comigo até o Roosevelt, me segue pelo *lobby* e sobe comigo no elevador, então me acompanha pelo corredor até o meu quarto. Durante todo esse tempo, mal trocamos uma única palavra; simplesmente caminhamos lado a lado. Eu me sinto cansado demais para me dar o trabalho. Quando chego diante de minha porta, abro e, sem tirar a mão da maçaneta, dou meia-volta e a encaro.

Obrigado, Charlie, eu digo, por tudo.

Surpreendentemente, ela sai sem dizer nenhuma palavra, e a observo enquanto caminha pelo trecho em curva do corredor, com um dedo da mão esquerda se arrastando pela parede, traçando o padrão do papel que a cobre.

Quem é ela, esta que parece conhecê-lo tão bem? De onde veio? Eu sei que não devia deixar minha curiosidade fazer o que bem entende dessa maneira, mas preciso saber. Preciso saber como é aquele mundo. Sei o que devo fazer. Devo me manter concentrado e aplicar a pressão certa a cada tecla, uma depois da outra, e o bracinho minúsculo vai bater, bater e bater, e em pouco tempo minha façanha de liberdade vai se desenrolar. Mas preciso segui-los um pouco, só um pouco. Eu preciso, para que possa ver mais um fragmento daquele mundo. Afinal de contas, eu sou o gato, e ele, o rato; que mal poderia fazer um pouco de brincadeira? Ele me atormenta há anos. Eu me decidi. Vou permanecer firme e desligar da tomada quando precisar. Nem um segundo depois.

Eu me incomodo com o fato de não saber quanto ele sabe. Quais partes dele continuam as mesmas? Por acaso criaram vida própria? Será que são de carne e osso, como você e eu? Será que algum dia podem morrer? Preciso descobrir, e acho que ela vai me ajudar. De qualquer forma, não posso fazê-lo desaparecer assim, sem mais nem menos. Não há caminho claro até o lugar em que ele está agora. Posso fazer prédios caírem, mas não consigo fazer com que caiam exatamente no lugar onde quero. É como se ele tivesse uma espécie de escudo que o protege. Eu realmente preciso trabalhar isso como se fosse um tabuleiro de xadrez. Uma peça, cinco passos adiante. Qualquer coisa que eu planejar tem que ser pensada cinco passos adiante.

Ainda não tenho bem certeza se ela é uma criação da mente dele – uma criação da criação, por assim dizer – ou se é uma versão da realidade. Mas, bom, é claro, a questão de um milhão de dólares permanece. Como pode existir a possibilidade de que ela seja verdadeira, se ele não é? Nenhuma interação é permitida; mais ainda, não é nem possível. Todos eles vêm daqui, destes dedos mesmos.

Hoje em dia, as pontas dos meus dedos não me incomodam mais, elas estão calejadas e são insensíveis, mas minhas costas ainda doem no fim de cada dia. O trabalho que faço é enfadonho na melhor das hipóteses, e eu o torno suportável com a imaginação. Quando deixo a imaginação fluir, me vejo como um cavaleiro; é ridículo, mas é verdade. Sou um cavaleiro de armadura lustrosa em uma ponte escura, lançando letras gigantescas feitas de pedaços de aço cor de laranja, com pontas afiadas como navalhas. Eu as lanço e as lanço contra as forças do mal, até que o dia amanhece e finalmente posso descansar.

Eu lanço e lanço e cutuco e a aperto porta adentro.

Quando chego à minha porta, eu a abro e, sem tirar a mão da maçaneta, dou meia-volta e a encaro.

Obrigado, Charlie, eu digo, por tudo. Charlie se vira para olhar para mim e, durante um tempo, nenhum de nós se move, então eu me entrego e dou um aceno leve com a cabeça. Assim que entramos, eu me deito na cama e ela se acomoda na poltrona perto da janela. Já está no fim da tarde quando acordo, e ela continua lá, sentada, lendo um livro. Não sei de onde o tirou, porque não trouxe nenhum livro comigo, mas mesmo assim ela está lá, sentada, lendo um livro. Vou ao banheiro, jogo um pouco de água no rosto e começo a me sentir um pouco melhor. Não estou mais com frio e, quando me olho no espelho, percebo que recobrei a cor. Meu rosto parece quase bronzeado, em contraste com a camisa bem branca. A senhora fez um ótimo trabalho em nós dois.

No restaurante do térreo, peço um sanduíche de peru no pão de forma e Charlie pede um coquetel de camarão.

Este é realmente um lugar de muita classe, sr. C.; todo mundo que trabalha aqui usa uniforme.

Estamos esperando nossa bebida chegar e ela não para de olhar ao redor para absorver o lugar todo.

Aposto que até o *chef* usa uniforme.

Seu cabelo é preto como azeviche, cortado reto em toda a volta, terminando bem em cima das sobrancelhas em um estilo do tipo pajem asiático. Ela parece mais cheia de vida agora do que na época em que me lembro dela.

As pessoas aqui devem estar olhando para nós e achando que é uma reunião de família.

Ela aperta os olhos quando fala.

Avô e neta adotada, e solta uma risada.

Eu me viro e olho ao redor. Não consigo me lembrar de jamais ter estado aqui. Só há mais uns poucos hóspedes no restaurante a esta hora do dia; um casal de velhos em uma mesa perto da porta, que se senta tão junto que dá para pensar que os dois compartilham o mesmo corpo, e um homem sentado sozinho, de costas para nós, de modo que não dá mesmo para enxergar o rosto dele. Está sentado meio que debruçado para frente, consumindo seu prato com muita energia. Eu já sabia antes, claro que sabia; só que agora a ideia é mais clara do que no passado: todo mundo que está ao nosso redor tem vida dentro de si. Eles têm família, parentes, trabalhos, viagens, memórias, cabanas antigas, equipamento de pesca, uma dor no dedão, bolhas, esperanças e arrependimentos. Quero falar a ela sobre isso, mas não sei por onde começar. Também não faz o menor sentido explicar por que ela me encontrou na água. Então nossa comida chega e não tenho mais o que dizer.

Charlie me observa do outro lado da mesa. Pego o meu sanduíche com as duas mãos e dou uma mordida. Ela é diferente de quando estava na minha classe, diferente até dessa manhã. Ela pega um camarão entre dois dedos, mergulha no molho, joga a cabeça para trás e o larga dentro da boca.

Você sabia, ela diz, engolindo com avidez, que este lugar é de propriedade do Paquistão?

Tento me lembrar da fileira em que ela se sentava e em que série estava, mas simplesmente não consigo puxar pela memória. Ela continua a encher a boca com camarão, em um movimento infindável entre a mão e a travessa.

O Roosevelt Hotel, uma instituição norte-americana, junto com o Roosevelt Grill, ela diz, enquanto faz um gesto de semicírculo com a mão, onde Guy Lombardo interpretou "Auld Lang Syne" pela primeira vez. Você sabia que a proprietária é a Pakistan International Airline?

Tomo um gole de água, mas acho que já tomei água suficiente por um tempo, e a faço voltar para o copo.

Que nojo, sr. C. Não me leve a mal, mas isso é nojento, Charlie diz e larga mais um camarão dentro da boca.

Ela era uma entre várias centenas de alunos. Ainda assim, gostaria de me lembrar o que ela escreveu. Certa vez, logo antes do verão, ela tinha faltado várias semanas e, quando voltou, era a última semana de aula. Eu me lembro de ter feito para ela uma lista de coisas a recuperar para o próximo semestre. Eu poderia tê-la reprovado. Não me lembro do que escrevi naquela lista, mas lembro que ela parecia muito pálida e magra, e fiquei com pena dela.

Quer dizer, o que vai ser depois? Vender a Estátua da Liberdade para a Argentina?, ela pergunta.

Sorrio para ela, não por causa do que está dizendo, nem pela maneira como joga camarão atrás de camarão dentro da boca, mas pelo que me faz lembrar.

Quando terminamos, sugiro uma caminhada. Não sei quais são os planos de Charlie, mas gostaria que ela me deixasse em paz agora. Caminhamos em direção ao oeste, lado a lado, sem nos falar. Parece que, assim que começamos a andar, nenhum de nós tem nada a dizer. Ela é mais baixa do que eu, naturalmente, e talvez seja sua altura que lhe dá aquele ar teimoso. Não me lembro dela assim no passado. Não sei para onde estamos indo; só quero encontrar um momento e um lugar onde possa me virar e ir embora. É a mesma coisa de ter um trabalhão para ir até um lugar isolado só para se livrar de um cachorro de que você não gosta. Não que eu desgoste dela tanto assim; só quero andar logo com as coisas. Sinto que não tenho assim muito tempo e preciso me apressar antes que seja tarde.

Depois de uns dois quarteirões, atravessamos a 5th Avenue e viramos para o sul. Continuamos calados e, depois de percorrer mais alguns quarteirões, na esquina da 31st Street, paro e ergo os olhos para a minha velha luminária. Ela continua lá, depois de todo esse tempo. Os outros escritórios parecem diferentes agora, de certa maneira mais limpos, menos apinhados de coisas. Consigo me imaginar parado na calçada lá de cima, da maneira como eu costumava olhar através daquela janela tantas vezes. Dá até para ouvir o barulho do antigo aquecedor no inverno. Houve um tempo em que eu conhecia cada descascado de tinta e cada pino na fachada do outro lado da rua, cada camisa que o homem do apartamento do terceiro andar tinha e o desenho das penas nas costas de cada pomba empoleirada na beirada do telhado.

Você precisa voltar para casa, eu digo a Charlie, ainda com os olhos na minha velha luminária.

Sua resposta é direta, como se estivesse passado o tempo todo esperando pela minha deixa.

Eu vi, sr. C., ela diz. Eu vi quando o senhor pulou.

15

A rotisseria russa não está mais aqui. Achei que não estaria, mas não sabia. Então entramos no café que fica onde antes era a rotisseria. Naquela época eu vinha aqui uma vez por semana, sempre às quintas-feiras. Era quando serviam a sopa de beterraba vermelha. Eu me lembro da mulher atrás do balcão, o nome dela era Bertha. Toda vez que eu entrava, ela estava limpando o balcão de mármore com um pano de prato velho, a qualquer hora que eu chegasse. Até quando eu passava pela porta à noite, lá estava ela, inclinada para frente, esfregando o mármore com aquele pedaço de pano. Não sei o que aconteceu com o lugar, nem com Bertha. Talvez ela finalmente tenha conseguido lustrar aquela peça toda de pedra italiana, e então lançou os braços para cima em um gesto de vitória, saiu andando pela porta e nunca mais olhou para trás.

O café agora é só mais um café, e pegamos nosso copo e vamos nos sentar em uma mesa perto da porta.

Charlie, eu digo, mas não prossigo.

Meu café está quente demais para beber, e o deixo esfriar na mesa à minha frente.

Charlie, começo mais uma vez, mas continuo sem dizer mais nada.

Charlie olha para mim do outro lado da mesa. Seus olhos parecem de corvo, afiados, e desvio o olhar. A duas mesas de nós, está acomodado um casal com um bebê. O homem dá mordidas em um sanduíche enorme enquanto a mulher segura a criança. Ela a segura virada para frente, e tenta fazer com que fique em pé em cima de seus joelhos. O bebê tenta e tenta, e a mãe o equilibra segurando-o pelas mãozinhas, mas suas pernas são fracas demais, e ele fica caindo toda hora.

Experimento meu café de novo, mas continua quente demais e queimo o lábio superior. O silêncio é uma tela entre nós. Atrás do casal, vejo uma menina bonita sentada ao lado de um sujeito de camisa azul. Não dá para ver o rosto dele porque está de costas para mim, mas a moça é muito bonita, tem cabelo comprido e ondulado. O bebê fica tentando ficar em pé sem conseguir e, quando dá um chute com uma perna, acerta a mesa e um par de óculos escuros cai no chão. Vejo quando o objeto se acomoda entre duas mesas. Parece tão triste no lugar em que está, tão vulnerável no espaço aberto, e finalmente consigo pensar em uma coisa para dizer.

Você chegou a terminar a lista que lhe dei naquele verão?

Olho para ela, depois para os óculos no chão, depois para o bebê que se esforça muito, depois de volta para Charlie. Ela já terminou o café, apesar de o dela estar tão quente quanto o meu. Não responde à minha pergunta e, por um instante, acho que não me escutou.

Está lembrada, do trabalho?, eu digo.

Ela não responde, e uma única lágrima sai do canto de seu olho, escorrega por toda a face e para embaixo do queixo. Durante uns dois segundos, fica lá pendurada, como uma pérola brilhante, e só cai quando Charlie abre a boca.

Eu era apaixonada por você, ela diz, e a lágrima finalmente cai e pousa com um *plop* surdo em seu copo de café já vazio.

O bebê está com cara de quem vai começar a chorar a qualquer momento, mas a mãe se recusa a desistir e fica tentando fazer com que ele se equilibre. Mary costumava brincar com aquilo, com a maneira como as alunas se apaixonavam por mim, como ela tinha se apaixonado pelo professor quando era mais nova. Aquela lágrima foi a única, e fico pensando que seria mais fácil, de algum modo, se houvesse outras.

Alguém derrubou os óculos escuros no chão, eu digo e olho para eles.

Charlie não tira os olhos de mim enquanto fala.

Não vou abandoná-lo, diz. Vou ficar com você até prometer que não vai fazer aquilo de novo.

O homem de camisa azul se levanta e vai até o balcão. Seu pé pisa a uns dois dedos dos óculos escuros, e sinto o coração saltitar.

Se tentar se livrar de mim, vou gritar, dizendo que está me estuprando.

Vejo o homem voltar com um punhado de guardanapos.

Não estou brincando, ela diz. Você sabe que vou fazer isso.

Vejo o pé dele em câmera lenta quando pousa em cima dos óculos, e até Charlie se vira com o som do plástico quebrado e do vidro estilhaçado. Dou um suspiro profundo e olho para ela. Há um sorriso de triunfo em seu rosto. Quando se inclina para frente e apoia os cotovelos na mesa, vejo que se parece com um daqueles gatos japoneses que acenam com a pata. Eu poderia simplesmente dizer que não e acabar com a questão. Neste momento, poderia lhe prometer e seguir meu rumo. Mas a única coisa que faço é suspirar, pegar meu copo e soprar o vapor da parte de cima. A porcaria continua quente demais para beber, preciso colocá-lo na mesa de novo e finalmente olho nos olhos dela.

Como é que você consegue?, pergunto, porque realmente queria saber.

Charlie insiste para que entremos na loja de roupas de segunda mão do outro lado da rua. A moça atrás do balcão usa peças escolhidas aleatoriamente entre os cabides abarrotados. Ela é uma colagem de estampas e materiais variados, assim como a loja. O lugar está cheio até a tampa de camisetas velhas com estampas desbotadas, jaquetas de marinheiro velhas com listras douradas e, no fundo, uma fileira de botas de caubói velhas.

Eu adoro esses lugares, Charlie diz. Adoro o cheiro de coisas velhas, e enfia a cabeça em uma pilha de suéteres de tricô.

Assim que elas começam a chorar, não sei o que fazer. No momento, estou refém de uma moça de 26 anos.

Enquanto Charlie experimenta chapéus de pele na frente do espelho, não tenho nada a fazer a não ser caminhar até a fileira de botas de caubói. O cheiro é de couro e suor que se esfregaram ao longo de muitos anos, de modo que realmente acho que as botas vieram de autênticos caubóis.

Gostou?, Charlie pergunta atrás de mim.

Eu me viro e olho para ela. Está com um chapéu russo de pele na cabeça que a deixa com cara de esquimó.

Faz você parecer mais alta, digo, sem tentar soar nem bravo nem o oposto.

Charlie mostra a língua para mim e volta para o lugar onde ficam os chapéus. Preciso usar o banheiro e, quando a moça me dirige para o andar de baixo, reparo como Charlie observa, de canto de olho, cada passo que dou.

O piso de baixo é igualzinho ao principal; também está cheio de araras e mesas lotadas de roupas, e encontro o banheiro bem no fundo. Quando termino, não me apresso em voltar logo para cima; em vez disso, dou uma olhada nas fileiras de roupas e paro na frente de uma com casacos compridos. Dá para ver o pé da escada de onde estou, e são suas canelas que enxergo primeiro. Entro rápido para o meio dos cabides e me enrolo em um casaco. Tento não respirar e presto atenção para ver se algum passo se aproxima, mas não consigo escutar porcaria nenhuma do jeito que estou, rodeado por todos aqueles casacos. Cada minuto parece cinco, e logo começo a suar. Tem também alguma coisa no casaco que se esfrega no meu rosto e irrita meu nariz. É algum tipo de colônia antiga ou algo assim, e meu nariz começa a coçar. Quer dizer, começa a coçar forte mesmo. Gotas de suor se formaram na minha testa e preciso morder o lábio para impedir que espirre. Devem ter se passado dez minutos agora. Pelo menos dez minutos. Tomo a resolução de esperar mais cinco, mas no mesmo instante um espirro explode do meu nariz e não posso fazer nada em relação a isso. Como se não bastasse, perco o equilíbrio, caio entre os casacos e aterrisso sobre uma pilha deles no chão.

Charlie está parada bem ali. Ela olha para mim com uma expressão impossível de decifrar e a única coisa que diz é:

Você não é nem um pouco como eu imaginava, sr. C.

Ela está esperando por mim ao lado do balcão. Está usando o chapéu, então imagino que deve ter comprado a peça. Por um segundo, fico pensando que poderia correr até a esquina, entrar em um táxi bem rápido e dizer para o motorista pisar fundo no acelerador antes que ela consiga me alcançar, mas não tenho certeza se consigo ser rápido o bastante. Não com toda a maluquice por que passei recentemente. E é aí que vejo. Se eu pudesse pegar este momento único e pesar em uma balança de ouro, veria que não tem preço. Atrás de Charlie, em uma prateleira acima da caixa registradora, entre um álbum do *Sgt. Pepper's* e um urso de cerâmica com a barriga listrada nas cores do arco-íris, há um chapéu de caçador vermelho. Quando o seguro, vejo que não é exatamente o mesmo que eu costumava ter, mas chega bem perto, caramba. Este aqui tem um pedacinho de couro na frente, com a palavra Wolfpack costurada. A parte de dentro das abas tem forro branco felpudo, sendo que a parte felpuda do meu chapéu antigo era de um tom mais amarelado, mas, tirando isso, os dois são idênticos. Eu nunca mais tinha visto um desses, e fico imaginando se não é um tipo de presságio.

Vou levar, digo para a moça, que é uma boneca de trapos, e sinto a respiração de Charlie no meu pescoço.

Imitador, ela sussurra.

Quando acordo, ela está lá. Sempre naquela mesma poltrona, apesar de dessa vez não estar lendo, mas dormindo. Parece muito em paz com as pernas encolhidas embaixo do corpo e o cobertor enrolado que lhe caiu de um ombro. Imagino que seja por volta de oito horas, atravesso o quarto até o banheiro e fecho a porta tentando não fazer barulho. Quando termino, não dou a descarga; em vez disso, pego os sapatos com muito cuidado embaixo da cama e abro a porta.

Bom dia, uma voz cansada diz atrás de mim.

Encontro você no café da manhã, é o que quero dizer, mas tem que haver um jeito melhor. Fecho a porta enquanto espero que ela se arrume.

Quando descemos, olho para o nosso reflexo no espelho do elevador. Nós dois ali parados, lado a lado; parecemos ter saído direto de uma história em quadrinhos. Meu rosto velho com rugas profundas, vestindo o terno preto de enterro, faz com que eu tenha um visual abatido. Charlie, de blusa branca, o cabelo aparado com exatidão e a pele imaculada que brilha, parece animada de certa maneira. Olho bem no fundo dos meus próprios olhos, para o reflexo do reflexo, outro de mim, e outro, quando Charlie fala.

Sonhei com você, ela diz.

O elevador zumbe e meu reflexo não arreda pé.

Eu também, digo sem pensar. Eu tinha tido o sonho das batidinhas de novo.

Agora o reflexo de Charlie também olha para mim.

Você estava morto, ela diz. Morto no fundo de um penhasco.

Quando ouço isso, sorrio. Não posso evitar, e não é por ser engraçado, de jeito nenhum. Eu realmente não quero incomodá-la, mas alguma coisa dentro de mim puxa uma corda e me faz sorrir. É só um sorriso bem rápido mesmo, e some em um segundo. Acho que ela nem repara.

Foi só um sonho, eu digo, e coloco a mão no ombro dela para reconfortá-la quando descemos do elevador.

Pegamos um táxi para ir até o parque, e de canto de olho eu a vejo bocejar. Meu anjo da guarda. Acho que logo vai se cansar. Mais uma noite na poltrona e devo estar livre. Mais uma noite e vou retomar meu rumo. O motorista simplesmente segue em frente e nenhum de nós diz nada. Só digo que ele pare depois que percorremos a Amsterdam Avenue inteira. Eu realmente não me incomodo de vir até aqui. Sempre achei que esse pedaço me lembra San Francisco. Não sei por quê, talvez seja pela maneira como as avenidas correm, meio enviesadas colina acima, sobre algo grande que faz volume do subsolo. É o único lugar da cidade que faz isso, que me lembra San Francisco, quero dizer.

Caminhamos para o leste e agora estou acostumado com o silêncio. O silêncio entre duas pessoas é diferente do silêncio que você faz sozinho, mas mesmo assim não me incomoda. À medida que chegamos mais perto, vejo-o se avultando ao longe. Na verdade é bem estranho, mas sempre acabo vindo parar aqui. Independentemente de onde eu vá, no fim sempre termino no Central Park. Deve ser o centro do meu universo ou algo assim.

O lado oeste do parque tem mais espaço. E as árvores aqui são mais altas. São as ancestrais de todas as outras. Charlie boceja de novo e tento apressar o passo. Eu me afasto da trilha pavimentada e me dirijo para baixo dos troncos que fazem sombra. Atravesso o chão de terra coberto de folhas e sinto que ele cede um pouco sob o meu peso. Apesar de eu ver o Central Park West à minha direita e ouvir os sons da cidade, não consigo deixar de pensar em mim mesmo como um aventureiro. Estou atravessando uma fronteira, pisando onde nenhum homem jamais colocou os pés antes.

Espere, Charlie grita atrás de mim, e tento apertar os passos ainda mais.

As árvores se postam rígidas e em silêncio, mas é óbvio que sabem o que está acontecendo. No final do trecho de terra, encontro o caminho bloqueado por uma cerca de arame fino. Passo a perna para o outro lado, mas, quando vou passar a segunda, me prendo em alguma coisa e ouço a calça rasgar atrás, bem embaixo do bolso esquerdo. Quando coloco o dedo no buraco, sinto minha perna peluda. Eu a aperto e tem a consistência de um cogumelo.

Ainda estou a alguma distância dela; não me importo com o buraco e continuo andando. Um pé na frente do outro, o ar entrando e saindo dos meus pulmões. Então, do nada, tudo se desfaz. Do nada, o mesmo animal preto se arrasta para cima da minha visão, começando do canto do meu olho. Não é nada do parque, vem de dentro da minha cabeça. Por entre seus pelos pretos e ásperos, avisto um banco à frente e vou em sua direção. Um formigamento se ergue da base da minha espinha e não sei se vou conseguir, mas cerro os dentes com firmeza e, como um avião tentando voltar para a base, dou início à travessia do oceano. Não está longe, são só uns dois metros, talvez até menos, mas o animal preto agora cobre a maior parte do meu rosto. Quero jogar fora pedaço por pedaço na água azul-escura, para diminuir o peso. Ouço meu motor engasgar e tento tudo que posso para fazer com que o combustível dure até chegar em casa, quando de repente sinto o braço de Charlie embaixo do meu.

Nova York mudou muito ao longo dos anos, mas o Central Park continuou praticamente a mesma coisa. É possível que eu tenha me sentado neste banco antes, mas, se sentei, não me lembro. Fica bem embaixo de uma das árvores mais altas que já vi e, quando ergo os olhos do lugar em que estou, deitado de lado, mal consigo ver sua copa lá no alto, no céu. Minha cabeça está apoiada no colo de Charlie, e ela está com uma mão na minha testa de novo e a outra nas minhas costas. Na minha frente, bem na ponta do banco, vejo um sanduíche meio comido em uma embalagem aberta. O animal preto se foi, e apenas uma leve tontura permanece, mas fico onde estou por enquanto. O sol saiu e raios quentes pousam na minha bochecha direita, enquanto assisto a um desfile de formigas marchando na direção do sanduíche. Uma por uma, formando uma fileira comprida, sobem do solo para uma das pernas de aço, uma atrás da outra, em fila quase perfeita. Observo quando a primeira formiga faz a curva e chega ao assento. As outras vêm logo atrás dos passos da primeira e, quando chegam ao sanduíche, param por um segundo, abrem as mandíbulas em forma de tesoura e as fecham em cima do pão. Cada uma delas dá uma mordida enorme e então começa a voltar pelo mesmo caminho por que veio. Eu as observo ir e vir, ir e vir, uma atrás da outra.

Elas são mesmo criaturas muito organizadas, as formigas; me lembram soldadinhos minúsculos. Estão todas andando em fila única, balançando a cabeça desproporcional de um lado para o outro, parecidas com um bando de cães sedentos. Uma após a outra, elas mordem o sanduíche e voltam carregando migalha após migalha. Fico quase hipnotizado por elas, com o sol fazendo com que eu não enxergue nada mais à minha volta. Migalha após migalha desaparece diante dos meus olhos até que o sanduíche inteiro se vai completamente, e eu só me sento ereto quando a última formiga desaparece na curva do banco.

Elas vão tomar conta do mundo um dia, eu digo, e Charlie estende a mão e tira um fio de cabelo preto dela que ficou preso no meu lábio.

Ainda estou meio tonto, então pegamos um táxi e vamos direto para a Union Square. Charlie está sentada perto de mim, com a cabeça recostada no meu ombro, e eu deixo. Deixo porque ela parece muito confortável e relaxada, mas principalmente porque não tenho energia para agitar as coisas. Ela fica de olhos fechados por todo o caminho e relaxa com um enorme bocejo, e do nada sugiro irmos ao cinema.

Descemos na esquina movimentada da Broadway com a Union Square. Há milhares de pessoas ao redor, e a fumaça de um vendedor de cachorro-quente na calçada sopra em nossa direção. Música bomba de uma loja e a fumaça faz meus olhos arderem, de modo que não enxergo nada. Caminho com a mão no ombro de Charlie e, segundos depois, entramos em um lugar qualquer e deixamos a rua para trás. À medida que caminhamos, sinto seus ossos se moverem sob a minha mão, sob a sua pele.

No ambiente fechado está fresco, e me sento um segundo enquanto Charlie vai ao banheiro. Pelo menos dessa vez não sou eu. Fecho os olhos e sinto que ela me observa, de algum lugar, mas não tenho vontade de me levantar nem quando ela se afasta. Digo a mim mesmo que é porque estou cansado que meus olhos doem, e que logo tudo vai estar acabado mesmo. Eu me inclino para frente e apoio o rosto na palma das mãos. A porta ao meu lado se abre de vez em quando; dá para sentir o vento nas minhas pernas e o cheiro da fumaça. Alguém passa por mim tão perto que o casaco encosta na minha cabeça, e, quando abro os olhos, vejo meu filho.

Charlie volta do banheiro e está sorrindo. Dá para ver que está feliz por eu ainda estar lá. Ou talvez esteja apenas feliz, é difícil saber a diferença com as moças.

Vamos ver este aqui, eu digo, e aponto para o pôster que está na parede bem à nossa frente.

Os 39 degraus. É um *remake* do clássico de Hitchcock, e acho que foi lançado em algum momento da década de 30, mas não tenho certeza.

Subimos até o terceiro andar de escada rolante, e agora é minha vez de ir ao banheiro. Quando volto, Charlie segura um balde gigantesco de pipoca, e me surpreendo. Bem neste momento, se eu puder escolher, não quero que ela desapareça de jeito nenhum. Neste exato momento, realmente quero ver esse filme com ela.

Estamos um pouco atrasados, então pegamos os dois assentos mais próximos da entrada. A sala não está nem com metade dos assentos ocupada, e colocamos os casacos nas cadeiras ao lado. Não conto a ela sobre o meu filho, nem que já vi o filme, aliás. Não digo que já o vi várias vezes, porque era o preferido de Phoebe.

É só depois da apresentação no London Music Hall em que Mr. Memory demonstra seus poderes sobrenaturais de memória. De repente, tiros disparam. Olho para Charlie e ela já entrou no filme; respira pela boca aberta. Os personagens principais se veem no meio de uma confusão depois que o pânico se espalha. Os dois então voltam para o apartamento dele, e ela lhe diz que na verdade é espiã. As cores pareciam mais vivas na versão antiga, apesar de tudo ser mais definido agora. As sombras dançam por cima de Charlie e do meu próprio rosto, a sombra do meu filho. Será que foi no chalé em que passávamos os primeiros verões que Phoebe falou ao meu filho sobre o filme? Sei tudo que vai acontecer antes que aconteça de fato.

Cuidado, eu digo, logo antes da cena em que a moça é atingida por uma faca de pão e o rapaz se esgueira para fora do apartamento, disfarçado de leiteiro, e toma um trem para a Escócia.

Shhhh! Charlie faz para que eu fique quieto, mas dá para ver que não está aborrecida.

Atenção, eu digo, quando o homem com problema no dedo atira nele.

Charlie empurra meu rosto para longe e se concentra na tela. Quando estão de novo na apresentação de Mr. Memory e o filme está prestes a terminar, Charlie nem se dá o trabalho de tirar a mão. Ela a deixa pendurada por cima do meu braço, com as costas da mão apoiadas no meu peito.

Tento passar o filme todo sem pensar nele. Tenho muito orgulho, mas tento não pensar. Então finalmente chega a parte em que o sujeito grita: "O que são os 39 degraus?" Phoebe costumava dublar a frase.

E Mr. Memory começa a balbuciar, "Os 39 degraus é o nome de uma organização de espiões que coleta informações em nome do gabinete de relações exteriores do...", e então alguém o mata com um tiro.

Apesar de saber como ia acabar, lá no fundo eu ainda torcia por alguma outra coisa. Lá no fundo, eu torcia para que alguma coisa sobre o passado tivesse mudado.

Quando saímos, está começando a escurecer. Reparo que as ruas estão úmidas de chuva. Poças d'água brilham com o néon que reflete do luminoso na parede acima de nós. O lugar assumiu um ar sonhador com toda a luz que salta de poça em poça, que vai nos seguindo à medida que caminhamos. Então me lembro de que isto é, de fato, um sonho. Comecei a sonhar de novo. Senão, a mão que estou segurando não estaria aqui. Meu rosto parece corado, mas a mão que seguro está ainda mais quente. Eu poderia estar segurando um carvão em brasa. Continuamos assim no táxi. Olhamos através da janela, cada um do seu lado, e não dizemos absolutamente nada. Nós nos largamos muito antes de chegarmos ao *lobby*.

A noite é a mesma coisa de antes. Charlie fica em sua poltrona enrolada em um cobertor e estou de volta à minha cama. Durante um tempinho, meu coração bate disparado e fico totalmente desperto.

16

Quando acordo, a poltrona está vazia. Tem um bilhete no chão do lado da minha cama, anotado no verso de uma página arrancada de um livro. No fim da mensagem, ela escreveu: "Encontre comigo lá às nove".

Viro o papel e vejo que é a última página de um livro. Quer dizer, não sei com certeza que livro é, já que não reconheço o texto, mas há algo de final nele. É por isso que sei que é o fim de alguma coisa.

Tirando a hora que saio do quarto para tomar o café da manhã, passo o dia todo ali dentro. Não almoço e fico andando pelo quarto, começando da mesa e indo até a janela e depois voltando. Um dia fica ao mesmo tempo longo e curto assim. Parado no meio dele, é como se nunca mais fosse terminar, mas, quando o sol começa a sangrar a oeste, não sei bem dizer nem se aconteceu. Eu o observo, como vai baixando e como o sangue enche a superfície antes de começar a ferver. Então, quando a última parte do disco se enterra, caminho até a mesa e me sento. Durante muito tempo, seguro a caneta a um dedo do papel e penso nas coisas certas a dizer. Começo cem vezes na cabeça, mas nenhuma delas chega ao papel. Não devia ser assim tão difícil. O próprio sangue do meu sangue. Fecho os olhos por um segundo e olho para o passado. *Querida... Minha Querida... Sei que faz tempo... Penso em você sempre... Te amo...* Largo a caneta e afasto o bloco de notas para o lado.

Ainda é muito cedo, tenho tempo de sobra, mas me levanto, pego meu chapéu e saio mesmo assim. Desço na 24th Street e caminho todo o trajeto até a esquina de St. Marks e Astor Place. Tem um homem sentado no chão com as costas contra a cerca. Na frente dele há um cobertor estendido com pilhas de livros e alguns discos velhos, e ao lado há uma fileira de quadros. Suponho que o sujeito seja morador de rua, porque parece meio acabado, mas isso me mata ainda mais. Um morador de rua com livros e quadros.

Ele está trabalhando em alguma coisa, e me inclino para o lado e dou uma olhada no bloco de esboços que se equilibra em seu colo. Apesar de estar de cabeça para baixo, dá para ver que é uma flor. Aliás, quando olho para os outros quadros, vejo que todos são flores, apesar de esta em particular ter o miolo como se fosse um sol reluzente. O homem ergue os olhos do bloco, sorri para mim e acena com a cabeça um cumprimento silencioso. Retribuo o aceno, e somos apenas dois velhos camaradas se cumprimentando. Trata-se de um reconhecimento silencioso da idade, a maneira como a ideia da morte liga um homem a outro.

Já estou no lugar certo, então não tenho nada a fazer além de esperar. Dou um passo mais para perto e olho para as coisas que ele colocou em exibição no chão. Os discos não são novos, de jeito nenhum. São velhos compactos de quarenta e cinco rotações, com títulos como *Jesus Christ Superstar*, *Dancing Queen* e outros clássicos, e os livros, os livros na verdade são a respeito de tudo, de história a jardinagem, e depois, é claro, há os quadros.

O que está mais à esquerda chama a minha atenção na hora. Não é uma obra complicada, mas tem algo nele que me diz alguma coisa. É de outro girassol, mas em preto e branco, e tem folhas longas fora do comum, que se estendem por todo o papel como se fosse uma planta de João e o Pé de Feijão. Está pintado em cima de uma espécie de papelão e enquadrado com o que parecem ser vários pedaços de madeira achada boiando no rio.

Vinte e cinco dólares, ele diz antes mesmo que eu tenha oportunidade de perguntar o preço.

Sua voz é quente e suave, não o tipo de voz que se esperaria encontrar na rua, de jeito nenhum. Olho em volta para ver se ela chegou e então pego trinta dólares e lhe dou. Ele me devolve cinco, mas só sacudo a cabeça e sorrio.

Nem tenho uma parede para pendurá-lo, eu digo, mas é só para mim mesmo.

Coloco meu quadro para o lado e me acomodo ao lado dele com as costas contra a cerca.

Como estão as coisas?, ele pergunta, e eu me viro para olhá-lo.

Sua voz obscura e doce não é muito alta, na verdade é mais um sussurro, mas é o tipo de sussurro que se faz escutar. A maior parte das pessoas parece uma sombra até que você se vira para olhá-las e só as enxerga de verdade quando faz isso. A maneira como seus olhos cansados olham para mim, a maneira como meio que se parecem com fendas, é como Frock costumava me olhar também. O bom e velho Frock.

Meu nome é George, o homem diz, e a sensação da sua mão na minha é de quentura.

George está sentado em uma pilha de livros usados e ainda mantém o caderno de esboços gasto no colo. Depois desse breve contato com a minha mão, a dele desliza para trás do mesmo jeito que veio para frente. Serpenteia pelo ar e desaparece dentro do bolso. Eu me recosto e olho para a rua escura. Há um bom tipo de silêncio entre nós. O tipo que não suscita a necessidade de ser desembaraçado.

Você já teve um cachorro, George?, eu digo.

A pergunta faz com que ele erga os olhos do bloco, e no começo parece não entender.

Cachorro?

É, eu respondo. Você já teve um cachorro?

Sua mão começa a se mover pelo bloco de esboços, traçando e retraçando linha após linha até ter soprado vida no desenho e a flor pegar fogo.

Sou do sul, de Louisiana, ele diz. Havia cachorros por todos os lados lá.

Um sujeito com aparência truculenta, de cabelo comprido e braços cobertos de tatuagens, para diante de nós. Estende a mão e encontra o punho fechado de George no ar. Os dois resmungam alguma coisa, mas não consigo escutar o quê, e, quando ele vai embora, dois cigarros e algumas moedas aparecem como que por magia na mão de George.

Sacudo a cabeça quando ele me oferece um e continuo.

O que quero saber é se você algum dia teve um cachorro seu.

George coloca um cigarro entre os lábios, procura nos bolsos e pega um isqueiro.

Não, acho que nunca tive um cachorro meu, ele diz, e acende o cigarro.

Momentos depois, através de uma expiração cheia de fumaça, completa:

Mas será que é possível ser dono de um cachorro?

Olho para o gigante de pedra adormecido, o prédio do outro lado da rua, enquanto George continua a adicionar linha após linha à sua flor.

Tenho dois ali dentro, George diz, sem erguer os olhos.

Cooper Union, ele prossegue, construído em 1910 e lar do primeiro elevador esférico da história.

O mundo fica muito imóvel por um momento e, por um segundo, acaba comigo. Até hoje, no último estirão de vida, ainda consegue acabar comigo. Acho que algumas coisas a gente nunca percebe, até se sentar em uma esquina.

Olho ao redor, para todos os táxis que param, para todas as pessoas que passam na calçada do outro lado da rua; tento ver Charlie, mas não há sinal dela. Espero até George terminar a última linha e sua mão ficar completamente imóvel antes de falar.

Não sou quem você pensa que sou.

Comentários como esse realmente devem ser reservados para conversas íntimas entre dois velhos amigos, mas nunca fui muito bom em me abrir com outras pessoas. E, quando chego a fazê-lo, acho mais fácil dizer essas coisas para desconhecidos. George não diz nada, nem ergue os olhos. Parece estar refletindo. Durante alguns segundos, um silêncio completo se instala entre nós, então George derrama sua voz doce sobre a questão, mas não é a resposta que eu esperava.

Um poema que li certa vez diz o seguinte: "Viva e deixe viver, cave e seja escavado em troca".

Então há alguns segundos de pausa, antes que ele reforce.

É, ele diz, esse é o meu lema de vida.

Não tenho bem certeza se ele entendeu o que acabei de dizer, quero lhe contar tudo que me aconteceu ultimamente. Sinto necessidade de compartilhar com alguém, mas a única coisa que faço é repetir lentamente na minha cabeça: "Viva e deixe viver, cave e seja escavado em troca".

Dois homens de meia-idade saem de uma porta do Cooper Union e caminham até onde estamos sentados. Um deles carrega um livro embaixo do braço e o entrega a George.

Já o li. Obrigado, ele diz, e George assente com a cabeça e coloca o livro no chão, ao lado dos outros que estão à venda.

Os dois homens se afastam, na direção da estação de metrô, e então George responde à minha pergunta sem nem mesmo escutá-la.

Acho que significa que, quando se ama alguma coisa, você recebe amor em troca, George diz.

Deixo-me absorver a informação e olho para ele de lado. Quer dizer, eu realmente olho bem para ele, e o que vejo não é um fulano sentado na calçada porque não tem mais nada para fazer; o que vejo é um fulano sentado na calçada porque não existe nenhuma outra coisa que ele deseje fazer.

Meus joelhos doem feito o diabo quando me levanto.

Preciso ir andando, eu digo, apesar de ainda não haver sinal de Charlie.

Pego o meu quadro, enfio embaixo do braço e estendo a mão para George. A quentura de sua pele se espalha pelos meus dedos, percorre meu braço e chega até o peito.

Só dei uns poucos passos quando ele me chama.

Ei, cara!

Paro e me viro.

O que você tem que faz você dar pulos?

George está em pé agora, e sinto seus olhos em mim.

Todos nós precisamos disso, sabe? Alguma coisa que faça a gente dar pulos.

Ele olha para mim do mesmo jeito que um gato espia a estranheza das pessoas de um beco escuro, e dá para ver que ele sabe que não tenho resposta, mas, mesmo assim, quer se despedir de mim com a pergunta.

A gente se vê por aí, George, eu digo, e dou mais um aceno de adeus.

Mas ele está errado sobre o fato de eu não ter resposta. Tenho sim uma resposta, mas não é a que ele esperaria. Pensando bem, não é uma resposta, de jeito nenhum, é outra pergunta. E a pergunta que eu não dou a ele é a seguinte: O que eu realmente tenho que me faz não querer dar pulos?

Vejo Charlie parada do lado do sinal na rua, um pouco depois de George. Ela avista o quadro embaixo do meu braço e, antes mesmo de ela dizer qualquer coisa, já sei o que vai ser.

Gostei da flor, sr. C.

Não sei se o fato de eu ter vindo tem algum significado, se é alguma espécie de promessa, mas tento não pensar sobre o assunto. O sinal muda de vermelho para verde, para vermelho, e depois para verde novamente. Charlie usa um vestido florido e botas de caubói gastas, das quais suas pernas saem retas como troncos com samambaias em cima, plantados bem firme na calçada. Um lenço brilhante está enrolado em seu pescoço, mas ele ainda parece frio.

Não tinha certeza se você viria, ela diz.

Sou um velho parado em uma esquina com um quadro de flor enfiado embaixo do braço. Ao meu lado está minha antiga aluna que tem uma queda pelo professor. Este aqui é só um desvio, digo a mim mesmo, dou o braço para ela e atravessamos a rua no sinal verde seguinte.

Está com fome?, pergunto.

Caminhamos até St. Marks Place, que com certeza mudou muito. Costumava ser uma rua residencial, mas agora se transformou em um Tivoli em miniatura para jovens com tatuagens e ossos espetados no nariz. Encontramos um restaurante japonês no primeiro andar, onde as mesas são pequenas de verdade, cortadas de um único pedaço de madeira. Apoio o quadro na parede ao lado da mesa e nos sentamos um de frente para o outro.

O rosto de Charlie é frágil, assim como seu corpo, mas dá para ver que há força ali dentro. Se eu pudesse escolher um traço que a faz se destacar, que contém sua beleza, diria que são os lábios, mais do que qualquer outra coisa, apesar de ser muito difícil descrevê-los. Pergunto à garçonete onde fica o banheiro e ela aponta para um corredor. Quando volto, há uma garrafa de saquê na mesa.

Pedi uns aperitivos enquanto você estava ausente, ela diz.

Ela fala sobre a faculdade, ela ainda está na faculdade, e de repente me sinto muito velho.

Acho que, na verdade, não dá para estudar arte, diz.

Ela me mostra alguns de seus quadros no celular. Tem um ali que me interessa mais do que os outros. É uma colagem de uma mulher que toma um sorvete ao mesmo tempo em que desnuda os seios. Os seios e o sorvete não são duas coisas separadas; o sorvete está em uma casquinha gigantesca que faz parte do corpo da mulher; e os seios dela são parte das bolas de sorvete. Apesar de olhar com atenção, não consigo enxergar onde começa e onde termina, e acho que é por isso que gosto da imagem.

Charlie fica falando sobre arte, quadros e a faculdade. As palavras se derramam da sua boca e, no meio de uma frase, fica claro para mim o que George quis dizer.

Arte faz você dar pulos, eu digo.

Não coloco a sentença exatamente como pergunta, mas Charlie para no meio de uma frase e no mesmo instante fica séria e imóvel do outro lado da mesa. Bem neste momento, quando o silêncio se estendeu feito um tapete de pregos pontudos entre nós, a garçonete chega carregando pratos de comida. Há bolinhos, uma sopa com duas tigelinhas vazias, cogumelos salteados e peixes em espetos.

Não fale assim, ela diz baixinho, e olha para mim com frieza entre os braços da garçonete.

Desvio o olhar e volto a atenção para os peixes. São peixinhos muito pequenos, com um espeto que os atravessa da cabeça ao rabo, e não posso deixar de sentir um pouco de pena dos pobres coitados. Simplesmente não posso. Neste momento me sinto mais à vontade olhando para os peixes do que para Charlie, por isso pego um e o seguro na frente do rosto. É de um prateado perfeito.

Já ouviu falar de Stockhausen?, pergunto e viro o peixe de frente para ela. Eu me escondo atrás dele e o mexo para cima e para baixo, enquanto falo com minha voz mais intelectual de Cambridge.

Ele escreveu o Helikopter-Streichquartett, entre outros, prossigo.

Dá para ouvir Charlie sorrir e sacudir a cabeça, apesar de na verdade não a enxergar atrás do peixe.

Foi uma peça criada por Karlheinz Stockhausen em 1993, em que cada integrante de um quarteto de cordas tomou conta de um helicóptero transformado em estúdio voador, combinando os sons instrumentais com o barulho da hélice.

Quando termino, viro o espeto com a cabeça para frente e puxo o peixe todo com os dentes.

Ela não está mais aborrecida.

Sabe, às vezes você é simplesmente demais, sr. C., ela diz e pega a garrafa de saquê.

Enche os copos em miniatura até a borda com a substância branca leitosa e ergue o dela, à minha espera.

Saúde, ela diz, e jogo a cabeça para trás e deixo o líquido aquecer minha garganta antes de se juntar em uma pocinha no fundo do estômago.

O saquê causa algum efeito em mim, e minhas mãos ganham vida, pegam o quadro do chão e começam a virá-lo. Garçons se apressam, carregando pratos quentes fumegantes, e, antes que eu me dê conta, nossa mesa está cheia de um grande sortimento de pratos e o copo está cheio de novo.

Toda quarta ele usava uma camisa ou um suéter amarelo, digo, porque simboliza abertura, amor, colaboração e universalidade.

Nós comemos e Charlie parece enfiar toda a comida nas bochechas. Duas bolas redondas se formaram ali, mas ela continua pegando mais pedaços de cogumelo e couve-flor com os pauzinhos e os enfia por entre os lábios. Bebemos mais um copo de saquê e a poça aumenta.

Adoro amarelo, ela diz, e bebemos mais um copo e depois mais outro, e aquilo que era uma poça se transforma em mar.

Somos os últimos a sair e, enquanto caminhamos de volta a Astor Place, as plantas dos meus pés ficaram redondas e me fazem rolar, primeiro para frente, a cada passo que dou, e depois para trás. George não está mais lá e não me dou o trabalho de falar dele para Charlie. Todos os discos, livros e quadros também não estão mais lá; não há vestígio dele, tirando algumas bitucas de cigarro no chão. Paramos na esquina para esperar o sinal abrir e, em cima da caçamba de lixo, vejo os livros. Reconheço alguns, e Charlie escolhe três que deseja guardar.

As ruas estão vazias e não temos nenhum lugar aonde ir, então apenas caminhamos. O ar frio faz bem para a minha cabeça quente. Tudo no meu corpo está quente, minhas mãos, minha cabeça, até a ponta do nariz, que normalmente sempre é fria.

Acompanho você até em casa, eu digo, e ela me entrega os livros para carregar. Parece que voltei aos tempos de escola.

Caminhamos pela Broadway, e seguro o quadro embaixo de um braço e o pacote de livros embaixo do outro. Sinto o mar dentro de mim se movimentar a cada passo que dou.

Mais ou menos na metade da Houston Street, deparamos com uma luz enorme, pendurada em cima da rua. Ela brilha na direção em que estamos indo, iluminando um pedaço da calçada. O piso está molhado e brilha misterioso com a luz. No fim da parte coberta de água há um grupo de pessoas, e além delas há câmeras em cima de cadeiras altas. Tirando quem está na frente das câmeras, somos as únicas pessoas na rua, e percorremos a parte molhada desde o começo, caminhando na direção do grupo. Tenho certeza de que somos uma visão e tanto. Uma moça com botas de caubói e vestido florido, caminhando ao lado de um velho com um pacote de livros embaixo de um braço e um quadro de flor embaixo do outro.

Sorria, sussurro para ela, você é uma estrela de cinema.

O grupo de pessoas se separa sem emitir nenhuma palavra quando chegamos ao fim, e dobramos a esquina e seguimos uma rua de paralelepípedos até a Lafayette. Dobramos outra esquina e caminhamos em direção ao sul, e na Spring Street passamos por uma pequena criatura que não se parece com nada que eu tenha visto antes; um fantasma misturado com astronauta. Tem só uns trinta centímetros de altura e foi arrastado no asfalto, bem perto da faixa de segurança.

É fabuloso!, Charlie exclama e começa a tirar fotos com o celular.

Ela quer que eu faça pose com ele e me agacho o máximo possível, mas meu rosto continua longe demais do chão. Tudo que as fotos conseguem mostrar são minhas pernas do lado daquela criatura estranha.

Continuamos caminhando e descemos a Bowery, e pouco depois deparamos com uma mesa em cima da calçada. É uma bela mesa antiga, e simplesmente está lá, como se alguém a tivesse levado para fora alguns minutos antes. Nós nos sentamos em cima dela e descobrimos que tem exatamente a altura certa. De modo geral, é uma bela mesinha, e a noite também é bela.

Minha bexiga está reclamando, me levanto e atravesso a rua para procurar um lugar protegido. É estranho, porque não vi mais quase ninguém, mas, ao mijar em uma porta coberta de grafite do outro lado da esquina, ouço música vindo lá de dentro. Pelo menos sei que o mundo continua aqui.

De volta à mesa, Charlie está fazendo alguns alongamentos. Cada vez que olho para ela, mais se parece com um gato, e isso me dá uma ideia.

Caminhe com isto em cima da cabeça, e lhe entrego um livro.

Coloco outro em cima da minha própria cabeça e caminho atrás dela muito devagar. A boa e velha Pencey. Parece que foi há um milhão de anos.

Nós dois derrubamos os livros umas cinco vezes antes de cansarmos. Os livros estão detonados, mas Charlie ainda assim quer ficar com eles, então eu os seguro e continuamos avançando até chegarmos a uma lanchonete aberta. Fica mais ou menos em uma rua lateral e é um lugar estranho para uma lanchonete, para começo de conversa, mas Charlie quer uma *root beer* com sorvete, então entramos. O homem atrás do balcão diz que não servem *root beer* com sorvete àquela hora, então seguimos pela Bowery sem falar nada.

Agora está mais perto da manhã do que da noite, e o céu lentamente está passando da escuridão profunda para um azul mais claro. Escuto o som que nossos sapatos fazem na calçada; é uma batidinha ritmada, e sinto que o mar dentro de mim quase desapareceu, e o que sobrou foi apenas um deserto seco que rodeia uma área úmida.

Sabe qual é a medida de uma noite boa?, eu me viro e pergunto a ela.

Diga, ela responde, e então sacode a cabeça em um movimento cansado.

Estamos na rua na frente do prédio dela e há muita sujeira; folhas velhas de salada e pedaços de papelão cobrem o chão. Tento ver os passarinhos pela janela, mas está escuro demais.

É chegar em casa com coisas que você não tinha quando saiu, eu digo quando lhe entrego os livros.

Estou prestes a lhe entregar o quadro também, quando de repente ela passa por mim e vai para a rua. Ouço um táxi parar, e ela entra e deixa a porta do lado da calçada aberta. Fico lá parado durante um tempo, sem ter certeza se dei ou não um beijo de despedida em seu rosto, então entro no táxi e seguimos juntos em direção à zona norte da cidade.

O quarto está inundado com a luz azul-aço da manhã, e entrar ali dá a mesma sensação de entrar em uma piscina. Charlie vai até a janela enquanto fico no mesmo lugar, logo depois da porta. Sento na cama e tiro os sapatos, e eles fazem um som oco de queda quando os deixo cair no chão. É possível que o som tenha acordado o hóspede no andar de baixo, e, se fosse possível enxergar através do piso, ele teria visto como me levantei e caminhei direto até a janela, coloquei a mão no ombro de Charlie e a virei para mim.

Ai meu Deus, se fosse possível enxergar através dos pensamentos. Ela aperta os lábios contra os meus, com mais força do que eu aperto os meus contra os dela, e sinto suas mãos agarrarem a parte de trás do meu paletó. Nós dois estamos azuis. Temos cabelo azul e pele azul, e quando relaxo o aperto, Charlie faz a mesma coisa. Meus lábios estão úmidos e têm um gosto doce como não me lembro de algum dia terem tido.

Está tarde, eu digo, me apresso para o banheiro e me tranco lá dentro.

Tomo um banho bem demorado e deixo minhas roupas amontoadas no chão. Quando saio, vejo que ela está na cama. Está deitada de lado, com as costas viradas para mim, dormindo como uma criança. Deito de barriga para cima com cuidado e imediatamente, no mesmo momento em que ela sente a tensão na superfície mudar, a mosca pendurada na teia de aranha, rola da parede e joga um braço em cima do meu peito. Sua perna segue o braço e, em um movimento suave, ela escorrega para cima de mim.

Ela fecha os lábios sobre os meus. Sua pele é quente e suave e sua respiração passa do nariz e da boca para dentro do meu corpo, onde derruba alguma coisa, e então volta do mesmo jeito que entrou. Ela chupa meu lábio inferior, mas mantenho a língua imóvel, fecho os olhos e me deixo levar.

Por dentro, estou leve como uma pluma e flutuo suavemente para baixo, para baixo, para baixo e para baixo. Quando pouso, estou de volta ao fundo do rio, só que dessa vez Molly não está aqui; estou sozinho. Alguma coisa se move atrás de mim, mas não consigo distinguir quase nada por causa da água turva. A única coisa que realmente enxergo sou eu mesmo e, quando olho para baixo, reparo que estou completamente nu, e que tenho uma ereção. De repente algo me ataca de trás. É um tipo de animal, parecido com um polvo, com braços compridos, mas não o vejo, apenas o sinto. Sinto-o primeiro no ombro, mas tenho medo de me virar e ser atacado no rosto, então fico muito imóvel. Mas agora ele me encontrou e avança; parece ter cem perninhas. Não faz diferença o fato de eu estar imóvel; ele se move por cima de mim até cobrir minha orelha, e o ouço sussurrar.

Adoro o cheiro de coisas velhas.

A criatura tem voz feminina. Vejo agora que o animal preto retornou e pressiona meu rosto, só que dessa vez está tentando entrar na minha boca.

Sacudo a cabeça de um lado para o outro e rolo o corpo para me soltar. Rolo cada vez com mais força e mais rápido e sinto minha ereção rolar comigo, mas o animal continua lá, forçando-se para dentro da minha boca. Com meu último fôlego, agarro o que posso e puxo com toda a força. O animal morde meu lábio bem forte e ouço Charlie soltar um grito alto.

Sinto gosto de sangue na boca, e tem algo macio na minha mão. Quando abro os olhos, vejo Charlie apoiada na parede, com o peito subindo e descendo com violência. Ela esfrega a nuca e olha para mim com olhos loucos.

Eu... não posso, digo, e solto a força da mão. Não com você, completo, mas me arrependo no momento em que as palavras saem.

Charlie pula para fora da cama e, apenas poucos segundos depois, já está vestida. Reparo que nós dois continuamos azuis.

Não tenho certeza se escuto o que acho que escuto, ou se é só a porta.

Canalha doido, é o que parece, mas acho que é só a porta. Assim que ela vai embora, me deito de barriga para cima e, quando durmo, não sonho, nem com as batidinhas.

Quando acordo, meu lábio dói e tem um pouco de sangue seco no travesseiro. Estou em pé no chuveiro quando escuto a porta abrir e saio correndo só com uma toalha em volta da cintura.

Sinto muito, eu começo, mas me interrompo quando vejo o menino.

Ele está sentado na poltrona perto da janela, e Charlie está enrolada no colo dele. Dá para ver que ela está diferente só com uma olhada. O menino se levanta e se aproxima de mim, enquanto Charlie avança e se coloca ao lado da janela, e por um momento tenho a ideia maluca de que ele vai me atacar. Mas a única coisa que faz é estender a mão.

Valeu, cara, ele diz. Isto é uma coisa que queríamos mesmo fazer.

Eu me sinto nu apesar de estar usando a toalha, e realmente tenho vontade de me vestir, mas o menino deu a volta em mim e preciso dar a volta nele para poder chegar ao banheiro, então só fico lá, parado.

Por que não se senta aqui?, o menino diz e aponta para a poltrona.

Charlie nem me olhou nos olhos. Ela caminha até o menino, fica na ponta dos pés e sussurra algo em seu ouvido.

O menino dá um sorrisinho malvado e diz:

Então, vovô, você gosta de olhar menininhas?

Dá para ver que Charlie está corada, mas ela continua sem olhar para mim.

Não posso evitar ficar olhando fixo quando eles se beijam. É o beijo mais comprido que já vi. A língua dos dois sai da boca e não são nem mesmo línguas, são um par de cobras engastalhadas em uma luta. Eles chupam e babam um no outro como se o mundo tivesse desaparecido, e sinto calafrios por todo o corpo. Charlie não tira as mãos dos bolsos de trás enquanto caminham até a cama. Esse piso já deve ter visto milhares de passos com o passar do tempo, mas nunca algo como isso.

Em questão de segundos, os dois estão completamente nus. Charlie está deitada de barriga para cima e seus mamilos estão na boca dele. Apesar de meus braços estarem arrepiados, meu rosto queima vermelho-brasa. Ninguém mais é azul. A luz é fria e dura e, através dela, escuto quando ela geme e se contorce à medida que o menino vai descendo. O colchão não range nem faz absolutamente qualquer outro som, é um bom colchão nesse sentido. Nem quando o menino começa a se mover cada vez mais rápido ele faz barulho. Charlie geme, com cuidado no começo, depois cada vez mais alto, cada vez mais alto, e no fim parece que está chorando. Então, de repente, eles param e tudo fica em silêncio. Ela vai para cima dele e, pela primeira vez desde esta manhã, ela me olha nos olhos.

Seu cabelo parece mais grosso do que antes, apesar de só fazer algumas horas. Agora é um chapeuzinho que dá a volta na cabeça, e ela olha para mim através de olhos recolhidos em fendas. Ela se move lentamente no começo, para cima e para baixo, para frente e para trás, faz voltas em um movimento circular, depois vai acelerando. Todo esse tempo, nunca desvia dos meus olhos. Acho que são gotas de suor que caem de seu rosto e fazem seus peitos brilharem, mas não tenho certeza.

O colchão continua em silêncio, mas dentro da minha cabeça um som terrível começou. Iniciou-se como batidinhas distantes, mas rapidamente se transformou na maior algazarra. Dessa vez não é só o som das batidinhas, é também o barulho de alguma coisa sendo derramada. Como o de um riacho selvagem na montanha que irrompe na minha cabeça. Charlie se move cada vez mais rápido, e é como se o barulho na minha cabeça aumentasse a cada gemido que ela solta e a cada respiração que dá. As batidinhas e o riacho tentam se romper um ao outro, e os dois vão ficando cada vez mais altos, e não consigo mais me concentrar na cama. Lágrimas enchem os meus olhos, e tudo está girando e a pressão dentro de mim ficou tão enorme que estou com medo que meus canos estourem a qualquer momento. Não há nada que eu possa fazer além de abrir a cabeça e deixar sair. Essa é realmente a única coisa em que consigo pensar, e coloco as mãos em cima da cabeça pelos lados e tento separar os ossos do crânio para fazer o som sair. Tento enfiar os dedos no couro cabeludo para agarrar o osso, mas não consigo atravessar a pele. Daí tudo para, assim, sem mais nem menos. Com a mesma rapidez que chegou, o som vai embora, em um *flash*, e me sinto bem de novo. Não há mais dor, não há mais som, e a única coisa que faço é enxugar minhas lágrimas, e então volto a me sentir como se tudo estivesse normal.

É quando abro os olhos que a próxima surpresa chega. Os dois desapareceram. Não estou dizendo que desapareceram como se tivessem saído. Estou dizendo que desapareceram completamente. Parece que a cama foi arrumada pela camareira, com dobras perfeitas e comprimentos idênticos em cada um dos lados, as roupas deles não estão mais no chão e eles não estão mais aqui. Não há nenhum vestígio de que em algum momento estiveram. Eu me levanto e olho embaixo da cama, mas também não estão lá. Olho no armário e não encontro nada além de cabides vazios. Olho no banheiro, mas só encontro o meu monte de roupas sujas. Chego a abrir a porta e olhar para os dois lados do corredor, mas continuo sem encontrar nada. Os dois desapareceram em uma nuvem de fumaça.

Talvez finalmente esteja se assentando, aquilo que passou tanto tempo nadando em paz no meu sangue. Sempre tive medo de terminar assim, mas achei que no começo seria mais sutil. Imaginei que ia começar com o esquecimento do nome das pessoas, depois do aniversário delas, mais tarde com a perda da capacidade de acompanhar os dias da semana. Mas parece que é isso. Finalmente estou me transformando em Phoebe.

Ha, ha! Então o mundo retomou a ordem! Com um empurrãozinho do meu polegar, ela foi expulsa da página como um pedacinho de terra. Quanto mais avançamos, mais aprendo que há maneiras de contornar os buracos. Sim, há buracos que eu nem sabia que existiam, poços sem fundo como túneis de minhoca em que alguns deles caem e prosseguem até o outro lado, então brotam em um lugar novo, como um cogumelo.

Mas já sei qual é a dele. Sou capaz de sentir o gosto do seu sangue e sei que está ficando cansado. Agora eu sei qual é a dele, e não vou desistir.

17

Não me apresso para caminhar até lá. Dobro à esquerda na frente do hotel e caminho para o leste, na direção do rio. Demoro trinta e cinco minutos para chegar ao East Side Park, logo atravesso o campo de jogar bola e prossigo pelo caminho de cascalho, até chegar às pedras que ficam na beira do rio. Escolho uma pedra bem lisa e redonda e me sento.

Hoje o rio corre para o norte. Alguns dias ele corre para o norte, e outros, para o sul, mas na maior parte do tempo é para o sul. Há mil anos, é assim que o rio corre. Para cima e para baixo.

Você não é minha amiga, digo à água.

Não falo muito alto. Só digo por dizer. O rio não faz som nenhum, apesar de centenas de toneladas de água estarem correndo a cada segundo. Eu me levanto e repito, mas desta vez aos berros:

Você não é minha amiga!

Ouço a parte da "minha amiga" ecoar uma vez antes de definhar ao longe. O grito solta alguma coisa dentro do meu peito, e então prossigo:

Nada além de tristeza!

Escuto o eco e tento ouvi-lo o máximo de vezes possível, mas, para falar a verdade, dessa vez só escuto o "a".

Sou um animal!

Encaro o rio e grito a plenos pulmões:

Foi há duzentos anos!

Voa cuspe da minha boca a cada palavra que profiro.

Acerte os relógios! *Tallyho*! Simplesmente vou gritando o que me vem à cabeça:

AAAAAAHHHHHHHHHHHH!

Meu peito sobe e desce pesado e respiro com dificuldade. Fico lá parado e olho para a água, para como meus ecos que vão se afogando são levados para o mar sem que eu possa fazer nada, e não faz diferença. Nada disso importa no lugar para onde vou. Não dá para acreditar que me deixo desviar do meu objetivo dessa maneira, desperdiçando um tempo tão precioso. Nada disso importa, porque apenas Mary faz diferença. Eu me inclino para baixo, pego um pouco de água na mão em forma de concha e bebo.

Minha cabeça está vazia de ideias. E o único lugar em que consigo pensar é a biblioteca. Sei que não é a maneira certa de fazer isso, não dá para simplesmente chegar ao balcão e pedir um guia sobre como se matar, mas neste momento não tenho nenhuma outra ideia.

Entro em um táxi e o motorista é um sujeito grande com uma cabeça enorme. Ele a deixa pender para o lado, só para que caiba embaixo do teto, e, assim que entro, ele começa a falar.

Tem toda essa gente que sai no fim de semana, ele diz, mas parece que está conversando mais com o táxi, como se já estivesse no meio de uma narrativa que começou com o primeiro passageiro da manhã e vai terminar com o último. Finjo que não escutei.

Tu disse a biblioteca, certo?

Eu me vejo no espelho retrovisor.

Saquei, só queria confirmar.

Jesus, ele só teve um minuto para esquecer.

Até a noite vai estar tudo congestionado, para-choque com para-choque. Gente voltando do fim de semana, ele diz.

Continuamos avançando e o cabeção não para de falar por todo o trajeto.

Eu morava na Europa, em Amsterdã. Eu morava em todo lugar. Mas me lembro de Amsterdã por causa das férias.

Deixo que a voz dele preencha o fundo enquanto olho para os prédios, os postes e as esquinas que passam do lado de fora da janela. Antigamente, as coisas costumavam ser novas. Pelo menos durante um tempo. Agora, a todo lugar que vou, parece que já estive ali antes.

Quando paramos na frente da biblioteca, o motorista ainda não parou de falar, apesar de eu já estar saindo do carro.

Amsterdã. Uísque e haxixe, vou te contar. Amsterdã e Montreal são as capitais mundiais do haxixe.

Fecho a porta e começo a subir os degraus de pedra.

Mas ele leva o desejo da gente embora!

Eu o vejo se inclinar para o outro lado do banco da frente e gritar a última parte através da fresta da janela abaixada.

Aposto que, se eu traçar uma linha reta, uma linha que corte o tempo, que passe através de cada corrida de táxi que já fiz, todas elas de alguma maneira acabariam aqui. Quer dizer, algumas coisas simplesmente têm que ser, por mais corridas de táxi que haja no meio. Algumas coisas simplesmente são fixas assim. Da mesma maneira, desço do táxi e subo todos aqueles degraus, enquanto imagino o Cabeça Gigante enfiado no fundo de um bar cheio de fumaça, os olhos bem vermelhos por causa dela e a cabeça se avultando por cima de tudo, como um topo de montanha coberto de nuvens, e, quando chego ao último degrau, de algum modo encontro a resposta.

A resposta está nos remédios. Dou meia-volta sobre os calcanhares, desço a escada e atravesso a rua para ir à farmácia. O interior é muito silencioso, e todos os corredores estão vazios. Flutuo por cada um deles sob a luz fluorescente, passando por vitaminas e minerais, alívio da alergia, colírios e cremes, e há algo de hipnotizante nisso. Eu me sinto como se pudesse ficar flutuando entre frascos coloridos para sempre. Mas daí eu encontro.

O frasco diz uma pílula a cada três horas, no máximo quatro vezes por dia, e pego um que contém cem pílulas e pago no caixa. Fico surpreso de ver como sou decidido, como pareço saber exatamente o que fazer, já que há pouco estava completamente perdido.

Quando me encaminho na direção da saída, meus ouvidos captam um som que reconheço de algum lugar. É algo que vem lá de dentro, do fundo, um baque surdo repentino que já esteve ali antes, e, quando saio para a rua e olho ao redor, na calçada, minha memória me alcança. Que coisa fantástica. Vejo-o estirado no calçamento, perto da parede. Há uma gota de sangue no meio do bico, e no vidro acima da minha cabeça há uma mancha engordurada.

Que coisa mais extraordinariamente fantástica, sussurro, e aperto a sacola plástica com mais força quando abaixo para olhar de perto.

Não sei bem por quê, mas resolvo voltar mais uma vez ao parque e pego outro táxi para ir até lá. Na verdade o lugar para onde vou não faz diferença, já que não há muita gente circulando, mas é que tem alguma coisa no parque que me atrai. Esse motorista tem a cabeça de tamanho normal e se chama Frank. Tem uma cara de quem veio da Índia, sem a menor sombra de dúvida, mas suponho que não faça a menor diferença o lugar de onde ele veio, ou de onde tirou aquele nome, desde que nos leve ao lugar para onde vamos.

Desço no Museu de História Natural e caminho para o norte, para mais fundo, no coração do parque. Assim que passar pelo lago, vai ter menos gente ao redor. Continuo avançando sob as árvores e, cada vez que uma folha cai e se acomoda no chão, alguma coisa dentro de mim se agita.

Mesmo de longe, já sei que é aquele. Localizado embaixo de um carvalho gigantesco, está voltado para o oeste. O banco meio que se escolheu sozinho e não consigo pensar em nada mais apropriado do que o sol da tarde no meu rosto quando eu me for. O sol vai alto no céu, ainda é um pouco cedo demais, me recosto e só fico observando o parque. Sinto minha bexiga como se fosse a sensação de um beliscão na base da espinha, e ali, parado atrás do carvalho, com uma mão apoiada na superfície áspera de seu tronco, fico achando estranho pensar na última coisa que uma pessoa faz. Como a última vez que se mija atrás de uma árvore.

Eu me lembro das árvores de quando era criança. Nós crescemos juntos e agora vou deixá-las. Não há nenhuma sensação especial em relação a isso, as coisas simplesmente são como são. Tudo está muito mais claro agora, as coisas à minha volta, quer dizer. Elas saem da tela e posso esticar o braço e passar os dedos por cima de todos os detalhes e de todos os pensamentos. Escuto o meu coração, como ele bate. Penso em meu filho, penso em meus pais, penso em Allie, em D. B. e em Phoebe. Dou cinco minutos para cada um deles e faço uma colagem com as melhores partes. Todas as memórias têm muitos anos de idade e, apesar de me esforçar muito para enxergá-las, continuam embaçadas. O único filme que não repasso é o de Mary. Vou vê-la daqui a pouquinho.

De vez em quando alguém passa caminhando, um corredor ou uma pessoa levando um cachorro na coleira, mas não ergo os olhos. Vejo os pés entrarem na faixa de cascalho de um lado e saírem do outro. O sol agora percorre seu arco descendente, mas ainda é um pouco cedo demais. Sinto a bexiga novamente, mas agora a ignoro e, pela primeira vez desde que saí da farmácia, abro a mão e solto a sacola.

Preciso usar os dentes para tirar o lacre de plástico do frasco. As pílulas parecem tão pequenas na minha mão, talvez seja por causa da luz, mas parecem ter uma cor amarelada. Não me preocupo em contá-las, parece haver mais de vinte na palma da minha mão. Gotas de suor escorrem pelas minhas costas e se agrupam na barra da minha calça, mas minha mão continua firme. Não sei qual deveria ser o último pensamento, o que faria mais sentido. Simplesmente tento ver todos eles juntos em uma sala, então dou um beijo de despedida na minha mão aberta.

Seguro as pílulas na língua enquanto abro a garrafa de água. O amargor se espalha rápido por toda a minha boca, e um leve pânico se ergue no meu peito quando as batidinhas começam. Estão vindo da região logo acima do meu ouvido esquerdo, mais ou menos um dedo dentro da minha cabeça, e são fortes e rápidas; como uma batucada, parecem muito determinadas. Lentamente, a imagem do quarto se desfaz, e dou um beliscão na perna e tento voltar para lá com todas as minhas forças. Eu me concentro no sabor amargo e tento ignorar as batidinhas. É só um som, digo a mim mesmo, e, depois de um minuto, consigo voltar. Fecho os olhos e respiro.

Quando volto a abrir os olhos, estou encarando outra pessoa. Um menininho olha fixo para mim, e uma mulher, que deve ser a mãe dele, o puxa pelo braço, tentando fazer com que ele ande. Mas o menino se recusa a se mexer e fica olhando fixo para mim. Tem olhos grandes e redondos e, como uma borboleta pregada à parede, vejo meu próprio reflexo neles.

Vamos lá, John.

A mulher tem um tipo de sotaque e fico com a impressão de que talvez não seja a mãe dele coisa nenhuma, mas sua babá.

John continua se recusando a andar, mas seus olhos se movimentam. Eu os sigo do meu ombro ao meu braço, até o frasco de pílulas aberto em cima do banco.

Vamos lá, John, vamos andando!

Nós nos encaramos mais uma vez, da maneira como dois caubóis ao pôr do sol fariam. Não temos nada com que atirar, mas sinto balas perfurarem a minha pele e entrarem no meu coração. Não há dúvida, está nos olhos dele. Eu sou o bandido que será largado ao pó, e as carroças puxadas a cavalo nem vão se dar o trabalho de desviar de mim. A mulher puxa o braço de John novamente, agora com mais violência, e ele começa a avançar aos tropeços. A luz tem um tom dourado de mel sobre a nossa pele. Finalmente, quando o sol está na posição exata, eles se afastam de mim. Mas os olhos de John nunca abandonam os meus, não até que eles desapareçam em uma curva.

Gotas de suor se formaram na minha testa, e enfio dois dedos na garganta e me viro para o lado. As pílulas se derreteram e formaram uma massa, mas têm gosto amargo em seu trajeto ascendente.

Com crianças por perto, não, sussurro para mim mesmo.

Fico sentado no banco durante muito tempo, sem me mexer. Levanto uma vez para ir atrás do carvalho esvaziar minha bexiga de novo, depois só fico lá, sentado. O frasco está em algum lugar atrás de mim, as pílulas estão espalhadas pela grama, e meu coração bate apressado, como se eu tivesse passado muito tempo correndo rápido. Penso em Stradlater, do nada, e no que ele disse sobre as luvas, e então me levanto.

Faço isso rápido demais e preciso segurar no encosto do banco até a tontura passar. Então começo a caminhar e não paro até estar bem do outro lado do parque.

Tomei uma resolução, mas preciso descansar um minuto antes de entrar. Sento no alto da escada e tiro o chapéu; fico segurando-o e observo as crianças no parquinho do outro lado da rua. Não dá para ver direito o que elas estão fazendo, estão tão distantes que se transformaram em formiguinhas. Suponho que estejam correndo e pulando, fazendo coisas normais de criança, mas, mesmo assim, seria legal vê-las melhor.

Um vendedor de cachorro-quente empurra seu carrinho para frente, na calçada lá embaixo. Está pesado e ele precisa fincar os calcanhares no chão para continuar avançando. Quando para ao lado do poste de luz verde-escuro, começa a abrir e fechar todos os compartimentos na parte de trás. Eu o observo. Grupos de crianças passam em volta do lugar onde estou sentado. Quando a gente está na escola, sempre vem muito aqui. Elas gritam e dão risada e puxam a mochila umas das outras, e o jeito como seus tênis parecem grandes demais para seus pés me mata.

Coloco o chapéu de volta na cabeça só para sentir como ele se encaixa. Gosto da sensação, de como parece não haver nada entre mim e o chapéu. Eu o tiro e coloco de novo, e ele se afunda perfeitamente no lugar. Tiro e coloco de novo e fico repetindo, e toda vez ele se ajusta perfeitamente à minha cabeça. O homem do cachorro-quente terminou de se organizar e está servindo suas primeiras freguesas, uma senhora e uma menininha. A senhora pega o cachorro-quente e entrega para a menininha, que precisa largar o casaco para poder pegá-lo. Ela parece tão pequenininha ao lado da mulher e da barraca de cachorro-quente. De repente derrubo o chapéu, ele rola escada abaixo, e preciso me levantar para pegá-lo. Ainda me sinto tonto, mas subo as escadas e consigo, mesmo assim, entrar direto.

A moça do balcão me informa que só há mais um lugar.

O senhor tem sorte, ela diz, mas na verdade não sei do que ela está falando.

Vou para o lugar que ela aponta, na direção de um grupo pequeno de pessoas em pé do outro lado do salão, e caminho até o fundo sem falar com ninguém. Aliás, não é verdade o que dizem, que o tempo para em um museu, porque, quando deixo a cabeça cair para trás, vejo um mapa-múndi pintado no teto e não me lembro de jamais tê-lo visto ali.

De repente a fila começa a andar. Sigo pelo *hall* e então entro em uma porta na parede lateral. Não somos tantos assim, talvez uns dez, e ouço alguém falar japonês. De uma hora para outra, a fila para e cada pessoa dá um encontrão na da frente. Ninguém pode falar a não ser que tenha perguntas específicas sobre a visita.

É uma voz bem pequenininha que vem da frente, e daí, da mesma maneira abrupta, a fila começa a andar de novo.

Prosseguimos por uma escada e atravessamos um longo corredor subterrâneo, que ecoa com os nossos passos, antes de pararmos na frente de uma grossa porta de aço coberta com vários instrumentos redondos. Um homem minúsculo, o homem com a voz pequenininha, coloca-se na frente da porta e nos diz que os animais são guardados no *freezer* quando as exposições são reorganizadas.

Ele próprio parece uma espécie de animal quando fala, movendo os bracinhos musculosos e as pernas curtas de um lado para o outro.

Eu os proíbo de tocar em qualquer coisa quando entrarmos, ele diz, e olha para nós com rigor antes de puxar uma alavanca enorme e a porta se abrir.

Um chiado escapa da porta, e todo mundo dá um passo para trás quando uma nuvem de névoa gelada se ergue até o teto. O homem segura a porta e nos deixa entrar, um por um, e dessa vez o casal japonês acaba ficando bem na minha frente. Eles sorriem e acenam com a cabeça para cima e para baixo ao se virarem de frente para mim, então a mulher volta a olhar para tudo ao nosso redor com olhos esbugalhados. O homenzinho fecha a porta atrás de si, passa por todos nós e se coloca na frente mais uma vez. Na verdade, não consigo ouvir nada do lugar em que estou, no fundo, mas não faz mal.

O *freezer* consiste de várias salas, todas conectadas por uma entrada sem porta em cada extremidade, e não posso deixar de olhar para todas as coisas à medida que vamos passando pelas salas. Andar por ali daquela maneira, passando por animais erguidos em estrados ao longo das paredes, caixotes abertos com lombos peludos aparecendo, prateleiras abarrotadas de pássaros multicoloridos, de todos os formatos e tamanhos, dá a impressão de se estar caminhando através de uma selva congelada.

De repente, a ideia simplesmente aparece. Até então eu não sabia exatamente como fazer antes de a fila parar, mas quando isso acontece eu já sei. Ela para apenas por um minuto e começa a andar novamente. Fico onde estou. Não digo nenhuma palavra, só fico parado até ver o fim da fila se afastar de mim. No instante antes de desaparecer completamente na curva, a japonesa se vira e me vê lá parado. Ela tem uma expressão amedrontada no rosto que parece dizer, *Não, por favor, não aborreça o homenzinho*, mas não abre a boca. Eu mesmo formo um par de palavras com os lábios, mas a única coisa que sai da minha boca é fumaça branca. A terceira vez é a que sempre dá certo.

Quando tenho certeza de que todos se foram, começo a retraçar o caminho que percorremos e tento encontrar um bom lugar. Estou no meio do trajeto quando sinto cólicas na bexiga. É provavelmente por causa das pílulas e tudo o mais, e dói tanto que preciso me inclinar para frente até que os músculos da barriga tenham relaxado. Só dura alguns segundos.

Quando me levanto, solto a mão grande e peluda que agarrei ao me abaixar – na verdade, eu devia dizer pata. O enorme urso empalhado está em pé nas patas traseiras, em cima de um estrado de madeira. Tem quase o dobro da minha altura e um corpo robusto. Suas patas estão estendidas, atacando com as garras alguma presa invisível, e os dentes brancos brilham como estalactites de gelo prestes a despencar em cima da minha cabeça. Vou até o canto e me alivio atrás de um caixote com um tamanduá, então retorno ao urso. Realmente, é uma criatura magnífica, um animal do passado. Já correu livre e solto pelo Alasca ou pelo Canadá, furando salmões de cinco quilos com as garras antes de jogá-los na margem com um movimento rápido de pulso. E foi aqui que ele veio parar. Com certeza a vida é muito misteriosa.

O estrado é grande o bastante para que eu me deite e apoie a cabeça nas patas peludas do urso. Não sinto nem um pouco de frio. Estou com o meu chapéu, mas sem luvas, e mesmo assim não sinto frio. Escuto o zumbido de um ventilador distante e olho para a nuvem de fumaça que sai da minha boca. Está confortável aqui. É um bom lugar para se deitar.

Olho para o urso lá no alto, como ele sacode quando me viro de barriga para cima. Agora meu nariz está frio, e meus dedos dos pés também, mas fora isso estou bem. "Não durma." É isso que os alpinistas dizem uns aos outros quando são pegos por uma tempestade de neve. "Não durma", dizem uns aos outros repetidamente, e esfregam os dedos das mãos e dos pés e se deitam bem juntinhos. Mas, para mim, o sono nunca pareceu tão tentador quanto agora. Está tão próximo, logo ali do outro lado. Só preciso fechar os olhos e afundar na piscina quente. Mas vou deixar tomar conta de mim quando chegar. Na hora certa, vai chegar.

Tudo está tão frio agora. Minhas costas, minhas pernas, meu rosto, tudo menos minha cabeça. O segredo, descobri, é fechar os olhos. Assim que a gente fecha os olhos, fica quente. O tipo mais gostoso de quentura. Abro um olho e fico com o outro fechado, então troco de lado e começo quase a dar risada. Agora metade do meu corpo está quente e a outra está fria! Mas o ar é muito duro e não consigo inspirar o suficiente para conseguir dar risada.

O sr. Urso ganhou vida. Sinto o sangue correndo por suas veias; ele está fervendo e avançando, e sinto seu pulso. Realmente sinto pena dele. Que destino mais besta. Vivo, mas preso em um corpo que não se mexe. Paralisado no tempo. É o fim da linha para ele, em um *freezer* em Manhattan. Ele e eu. É o fim da linha para nós dois. Será que apaguei o fogão? Será que entreguei as chaves? Acho que não faz diferença. Eu poderia dormir por uma vida inteira.

Sim, vá dormir, meu pequenino. O papai vai cantar uma canção de ninar para você.

Tento abrir os olhos, mas uma voz me ordena que não o faça. Não é uma voz brava, de jeito nenhum, na verdade é muito reconfortante.

Vamos lá, feche os olhos e afunde no calor.

Até as batidinhas são tão suaves quanto uma carícia e dançam lentamente em cima de mim. Tap-tap, tapeti-tap, dedinhos cutucando o meu corpo.

Desapegue-se, afunde cada vez mais, venha para os meus braços, meu filho.

Ouço um pai. Não acho que seja o meu pai, mas com toda a certeza parece um pai. Tap-tap, tapeti-tap, por todo o meu corpo.

Ah não, agora a voz está brava comigo.

Como ousa! Não encoste nele!

Ele urra por trás das nuvens, mas não consigo enxergá-lo. Acho que talvez seja Deus. Sim, é claro que é. É Deus com toda a certeza.

O rosto dela está mesmo muito próximo do meu. Sinto sua respiração nas minhas bochechas, e ela segura minhas mãos entre as dela.

Charlie, eu digo, mas ela não responde.

Só continua respirando pesado, em cima do meu rosto. Toca meu corpo, esfrega minhas costas, fica me empurrando de um lado para o outro e salva minha pele mais uma vez.

Não, digo com um gemido.

Ah, se ela simplesmente pudesse me deixar em paz por cinco minutos; eu ainda não estou com vontade de me mexer. Mas ela não escuta e continua me cutucando até eu finalmente abrir os olhos. Cheguei a um lugar em que tudo dói. Minhas pálpebras, meu rosto, meus pulmões, meu corpo todo.

Não, eu digo, porque parece ser a única coisa que sou capaz de dizer, na esperança de que ela vá embora.

Ela continua me empurrando, repetidamente, e me sinto rolando pela plataforma. Ergo os olhos e vejo o urso lá no alto, e só então percebo que está sorrindo para mim.

Seu canalha! Dessa vez, as palavras saem de fato da minha boca. Então vejo a japonesa.

De algum modo, ela também está aqui. Ela se debruça em cima de mim e segura meu rosto com as mãos, mas deve haver algo horrivelmente errado com ela, porque suas mãos estão pegando fogo. Ela me ajuda a sentar e olho ao redor, mas não vejo Charlie em lugar nenhum.

Shhh, ela diz e coloca o indicador na frente dos lábios. Ela continua me massageando com os nós dos dedos e me empurrando no lugar em que estou sentado, até que sinto uma sensação de formigamento nos braços e nas pernas que me dá vontade de me movimentar. Eu me firmo nela com uma mão, coloco a outra no urso e dou um impulso para me levantar do estrado. Tudo gira e pisca, mas, depois de alguns segundos, fico bem. Caminhamos de volta à porta de aço bem juntinhos, eu apoiado nela, e suas mãos nunca param de me esfregar, percorrendo todos os lugares que conseguem.

Estou bem, digo enquanto caminhamos, e quando chegamos à rua, repito:

Estou bem.

Até faço o sinal com a mão.

Ela parece abandonada na calçada. Eu a observo através da janela de trás e não sei se estou sentindo amor ou ódio.

18

Está quente no elevador, e começo a suar assim que entro. Algo deve estar errado com o aquecimento, porque a mesma coisa acontece no meu quarto. Penso em ligar para a recepção para ver qual é o problema, mas estou cansado demais e, em vez disso, abro a janela para deixar um pouco de ar entrar. O suor escorre pelas minhas costas e, antes que eu faça qualquer coisa, tiro as roupas e tomo um banho frio. Depois, me sinto muito melhor e, apesar de ainda ser bem cedo, fecho a janela e vou para a cama.

No meio da noite, acordo com um som estridente de picareta. No começo, fico achando que é alguém batendo no piso do apartamento de cima. Alguém está batendo no assoalho, incansável, com o salto dos sapatos, fazendo um barulho curto e entrecortado que reverbera das paredes e chacoalha a minha cama, mas, quando tento me sentar, percebo que é a minha própria tosse. Eu digo "tento" porque, na verdade, não consigo. Algo está me segurando para baixo, e sinto aqueles golpes de picareta doloridos dentro da cabeça cada vez que tusso.

Quando volto a acordar, vejo que alguém acendeu a luz da escrivaninha. Continuo sem conseguir me sentar e com toda a certeza, diabos, não consigo me lembrar de ter me levantado para acender a luz. A única coisa que de fato consigo mexer é a cabeça, mas só consigo levantá-la alguns centímetros. A dificuldade de mexer o corpo não é a única coisa que está errada; aconteceu algo com o meu travesseiro e com a cama inteira também. Está tudo completamente encharcado. Cada vez que meu peito se ergue e minha cabeça vira para o lado, sinto que tudo embaixo das cobertas está totalmente molhado. E o quarto, o quarto já não está mais quente, e sim gelado. Ainda mais gelado do que o *freezer*. Tremo e sinto tudo molhado à minha volta, e na névoa entre os meus cílios, vejo a lâmpada cor de mel do farol que se enxerga através da tempestade espumosa ao longe, apesar de eu saber que é só a escrivaninha.

Quando acordo de novo, começou a nevar. Uma parte da neve caiu direto dentro do quarto e foi pousar no carpete. Tem um montinho atrás da cadeira. Meu maxilar dói terrivelmente e não consigo abrir a boca, e em intervalos de poucos segundos preciso retesar todos os meus músculos para impedir que a tremedeira saia de controle. Meu rosto está úmido por causa das gotas de suor que se soltam, escorrem pela testa e pingam do queixo. Dou uma piscada e já não estou mais no Roosevelt, mas em uma selva quente e pegajosa. A imagem na parede ganhou vida, e as folhas são de um verde profundo e balançam de um lado para o outro em movimentos longos e hipnóticos. Eu as observo enquanto sinto a febre correr pelas minhas veias.

Ao acordar novamente, meus dentes doem. Estou amarrado a uma jangada e não consigo mexer nada além das órbitas oculares, e meus dentes doem que é uma loucura. Olho para baixo, para o comprimento do meu nariz, e vejo meu filho sentado em outra jangada. Nós dois flutuamos sem rumo por sobre um oceano que respira, para cima e para baixo. Ele está sentado com as pernas cruzadas e usa roupas de quando era pequeno. A camisa é aquela com carrinhos de corrida que disparam por seu peito, mas agora parece pequena demais para ele, pela maneira como seus ombros fazem volume por baixo.

Tento falar, tento dizer, Ei, filho, mas minha boca não abre.

Não é dramático, de jeito nenhum. Ele só olha para mim e diz:

Oi, pai, sem nem abrir a boca.

O mar se move à nossa volta, mas na verdade não consigo enxergar a água. Tento novamente erguer a cabeça, mas daí a tosse recomeça.

Não precisa falar, pai, ele diz. Estou escutando muito bem.

Há uma aura ao redor do seu cabelo; é toda cor de laranja e faz sua cabeça parecer maior do que eu pensava ser. Ergo o dedo mindinho e aceno para ele, que acena de volta com o dedo mindinho dele. Então um tipo de névoa sopra e cobre a distância entre nós, e a única coisa que consigo ver dele é seu contorno na luz dourada. Fecho os olhos por um segundo e, quando volto a abri-los, tanto o meu filho quanto a jangada em que ele estava se foram.

Não quero cair em outro sonho e revido com todas as minhas forças. Há estrelas no meu quarto, e elas giram com muita rapidez. Tento focar meus olhos nelas, quando alguma coisa me pica e dói tanto que começo a chorar. Meu corpo todo está tremendo, eu agarro a tábua à minha frente para não cair e, através das lágrimas, vejo que as estrelas se transformaram em luzes de rua. Na verdade só estou parado perto da janela, apoiado no parapeito, com cada músculo tendo espasmos e com suor escorrendo do meu corpo. Quando me ajoelho, não tremo tanto, então me arrasto na direção da cama, puxo a colcha para o chão e me enrolo em uma bola. A veia na lateral da minha cabeça tem o tamanho de uma cobra.

Somos eu e ele. Eu sei onde estamos. Já estivemos aqui. Já estivemos neste acampamento antes. O verão foi longo e em breve vai chegar ao fim. Não sei quem são as outras pessoas; devíamos ser apenas ele e eu. Suponho que não possamos ficar com as montanhas Berkshire inteiras só para nós, mas aquelas pessoas, por que estão aqui? São uma mulher e duas crianças. Agora sei quem são, e elas não se encaixam aqui. Deviam todas chegar mais tarde. Por que estão aqui agora? Queremos um pouco de paz e sossego. Foi por isso que viemos tão longe. Atravessamos o acampamento e voltamos, só para ver, e, é claro, a cada passo que damos, elas estão logo atrás de nós.

De manhã, tiramos nossas mochilas da barraca e saímos. Eu carrego a água, ele só tem metade da minha altura. Vamos pegando coisas ao longo do caminho e as colocamos nas mochilas. Quando voltarmos, vamos catalogar tudo. Eu pego uma pedra colorida; ele pega uma pinha gigante. Continuamos caminhando. No fundo, lá embaixo, há uma enorme samambaia, e vejo um pica-pau morto.

Olhe, eu digo, e aponto.

Ele tentou fazer um buraco em uma árvore que era grande demais, pelo menos essa é a nossa teoria. Colocamos a mochila ao lado da pedra colorida e da pinha. Elas continuam dois passos atrás de nós. Não se atrevem a chegar mais perto, mantêm essa distância por todo o caminho, até voltarmos para o acampamento.

Esvaziamos as mochilas e catalogamos os nossos tesouros com descrições curtas. Anoto tudo no livro de registros que compramos na livraria na 52nd Street em um domingo. Quando assamos *marshmallows*, elas se sentam do outro lado da fogueira. Não assam nada. Só nos observam. Não há motivo para estarem aqui. Nós nos recusamos a falar com elas. O verão passa rápido dessa maneira e logo termina. Caio no sono ali mesmo, ao lado da fogueira. Dá para sentir o cheiro da pinha, e a doçura dos *marshmallows* queimados faz cócegas no meu nariz.

Certamente estou satisfeito, apesar de confuso. Não há nada sobre isso nos papéis. De ir a lugares, de deparar com pessoas; sim, percebi que essas coisas podem acontecer, mas isso, isso não tem precedentes. Um personagem ficar doente? Quem já ouviu falar de algo tão absurdo? Mas não vou desperdiçar o fôlego com isso, não vou. Ele não está longe agora e, se eu não estivesse de sobreaviso, teria achado que eu tinha sentido uma leve dor no coração. Mas vou culpar a indigestão por isso.

Estou de volta à jangada, e dessa vez minha irmã Phoebe também está aqui. Ela está sentada perto de mim, mas voltada para o outro lado. Tenho a sensação de que não devo incomodá-la, não neste momento. Uma névoa se instalou ao nosso redor, mas nunca chega perto o suficiente para tocar a jangada. Permanece na beira da escuridão. Tenho vontade de gritar – talvez ela não tenha notado que estou deitado bem aqui –, mas minha mente me detém. Em vez disso, ela se transforma em um *laser* que passa através de todas as coisas, e consigo enxergar com clareza. Pela primeira vez, enxergo tudo com clareza.

Este lugar é igual a uma despensa em que todas as latas e caixas estão empilhadas com cuidado e tudo se encontra no lugar certo. Não preciso procurar aquilo que quero nesta despensa. Leio os rótulos e está tudo lá.

Não vá, eu chamo, mas já é tarde demais.

Phoebe já está na água, lentamente vai se afastando da jangada. Esse é um lugar de honestidade total, um lugar em que latas que você nem sabia ter, latas que você nem sabia existir, encontram-se na primeira fileira. Mesmo latas que você escondeu bem no fundo estão aqui. É fácil absorver tudo. É como ler os resultados do time de beisebol dos New York Yankees. Um, dois, três, pronto. Phoebe se afasta ainda mais, não está tão longe, ainda dá para pegá-la se eu for agora, mas em breve não vai dar mais. Ela ainda não se virou para olhar para mim. Seu cabelo é comprido e grisalho e flutua na água por um instante antes que fique todo molhado e comece a afundar. A sensação de que não devo incomodá-la continua aqui. Vou ao vazio logo abaixo do meu coração e leio os rótulos. Uma buzina toca ao longe, um toque solitário e vazio. Então a neblina aumenta e engrossa por cima de Phoebe, e a última coisa que vejo dela é o cabelo, espalhado como se fosse feito de algas em volta da cabeça.

A porta da despensa de repente bate e se fecha, e sou puxado para trás e caio em um buraco negro. É do tom mais preto entre os pretos e é o mais fundo dos buracos. É negro como o petróleo cru, e penetra em meus olhos e ouvidos e me puxa para baixo. Acho que meus olhos estão abertos, eu os cutuco com os dedos, mas não consigo enxergar nada. Tudo que enxergo é a mais profunda das escuridões, e sinto o toque aflitivo dos meus dedos pressionando os globos oculares.

Está claro do lado de fora. É a primeira coisa que reparo quando acordo. Na verdade é estranho, estou deitado de barriga para cima e abro os olhos, bam, assim sem mais nem menos, e reparo na luz lá fora. Minha boca está tão seca que nem consigo engolir, tudo lá dentro está grudado como em um grande caroço. Não me mexo, nem tento. Sinto que estou no chão depois de uma grande queda e agora não sei se sou capaz de mover o corpo ou se estou paralisado. Agito os dedos devagar, mas por hora é só isso.

Tem alguma coisa diferente nesta manhã, algo definitivamente passa uma sensação diferente. Uma imobilidade angelical se espalha sobre tudo no quarto. Um tipo de imobilidade que só se instala depois de uma batalha e que permanece apenas por um curto período, e agora ela está aqui. Fui cuspido para fora da barriga da baleia. E cheguei ao outro lado.

A bolha luminosa na parede se foi, mas a luz na escrivaninha continua acesa. Sinto que estou muito próximo de alguma coisa, estou tão próximo que consigo enxergar o lado de fora do portão, mas ainda não cheguei lá. Minha tosse se foi quase completamente. Respiro fundo e é só bem no fim que ela falha. Será que era coisa da minha cabeça ou alguém batucou furiosamente em uma máquina de escrever? Respiro fundo mais uma vez e me sento. Eu me sento com os pés raspando na pontinha do carpete e não tem nenhum clarão no céu, só a minha boca seca. A maior parte dos meus pensamentos me deixou; pelo menos neste momento, parece haver uma imobilidade também na minha cabeça. Experimento as pernas e fico em pé com cuidado. Não há tontura. Dou um passo de cada vez, parece que está tudo bem. Minhas pernas parecem boas. Eu me sinto bem. Nada obstrui o fluxo no meu corpo. Não há divisórias, os muros foram derrubados. Tudo se transformou em um espaço amplo e aberto.

Caminho até o chuveiro e a sensação do carpete sob os meus pés é fenomenal. Faz cócegas e arranha ao mesmo tempo. Quando olho para a cama, vejo que é uma bagunça toda amassada. Os lençóis foram puxados, mostram o colchão por baixo, e a colcha está toda esgrouvinhada e apertada em uma bola compacta. É um campo de batalha e me levou tão perto que quase dá para esticar a mão e tocar. Preciso encontrar um meio de atravessar. Sei que há algo à minha espera para quando eu chegar lá.

Giro a torneira e deixo a água quente levar embora o resíduo da minha febre. O vapor sobe por toda a minha volta, e fecho os olhos e deixo a água colar meu cabelo na testa. Segundos se transformam em pedra quando meus pensamentos retornam de súbito. Água, algas, escuridão. A torneira da água quente está totalmente aberta, mas a água continua gelando minha espinha. Há coisas que preciso fazer, lugares aonde preciso ir.

Mas que idiota! Por que não pode simplesmente se deitar e morrer? Eu lhe peço uma coisa simples, a única coisa certa, que volte para dentro da pena de onde veio. Mas o que ele faz? Tem uma febre que não deveria ter, quase morre por causa dela, e então se recupera.

Ele teve mais tempo do que jamais poderia desejar, criou uma vida inteira com aqueles cinco dias. Mas por que me dou o trabalho de tentar? Parece que, quanto mais me esforço, mais alguma coisa do outro lado faz força contrária. Às vezes parece que preciso lutar contra a própria cidade, como se ela se colocasse na frente dele, protegendo-o. Existe alguma coisa naquele mundo que simplesmente não consigo acessar. Por favor, não me faça rir dizendo que é Deus; minhas costas doem demais para rir neste momento. Eu sou o Deus dele. Sou o único Deus que existe para ele. Mas tem alguma coisa, tem com certeza, apesar de não ser Deus; tem alguma coisa que trabalha contra mim e a minha luta. Na verdade não posso culpá-lo; ele não sabe o que está acontecendo. Não passa de uma marionete na ponta dos fios. Mas essa farsa pode se estender para sempre, e posso morrer antes de ele conseguir acertar as coisas. Preciso colocar a mão na massa. Esse é o único jeito de fazer o que é preciso. Independentemente do mundo em que se esteja, é preciso fazer tudo com as próprias mãos. É a única maneira. Eu sou o gato e simplesmente vou esperar que ele, como um rato, chegue até aqui.

19

Estou só com a roupa de baixo quando ouço uma batida na porta, e logo em seguida ela se abre. Uma senhora baixinha e corpulenta, com o cabelo preto bem esticado em um coque, entra andando de costas no quarto, puxando consigo um carrinho cheio de toalhas. Fico completamente imóvel quando a porta bate e fecha, e, quando ela se vira e me vê, tem um sobressalto. Ergue uma das mãos, coloca na frente dos olhos e vira para o outro lado com rapidez.

Ah, peço desculpas, senhor. Disseram que não estava aqui. Já passa do meio-dia.

Não digo nada. Não fazia ideia. Nem tenho bem certeza de que dia é hoje. Tiro a calça da pilha no chão e continuo a me vestir.

Eu volto, ela diz, e se dirige à porta, sem tirar a mão da frente do rosto.

Tento me apressar, porque realmente quero vestir a calça antes de dizer qualquer coisa, mas meu pé entala em uma perna e acabo pulando de um lado para o outro com uma perna só e quase caio no chão antes de ajeitar a peça.

Não, por favor, fique, eu digo. Eu estava de saída.

Olho para ela no lugar em que está, com as costas viradas para mim. Seu corpo tem o formato de um abacate, arredondado e escuro, mas de um jeito que lhe cai bem. Se eu tivesse que adivinhar, diria que tem mais ou menos 50 anos.

Andei passando mal, eu digo. Mas estou melhor agora.

Minha calça finalmente está no lugar, e, enquanto aboto a camisa, ela se vira e olha para mim pela primeira vez. Olha para a minha calça, depois para a minha camisa e, finalmente, para o meu rosto.

Você volta? ela pergunta.

Não sei bem o que ela quer dizer, então digo:

Por favor, fique. Sem problema.

Ela dá de ombros, puxa o carrinho pelo quarto e começa pelo banheiro. Termino de me vestir e, antes de sair, passo um tempinho observando seu trabalho. É muito rápida e eficiente. Sai do banheiro e arruma as coisas sem nem mesmo parar. A todo lugar que ela vai, encontra tudo bagunçado, mas depois que passa com sua varinha mágica todas as coisas se espalham e voltam para o lugar certo. Quando chega à mesa e puxa a cordinha do abajur, sinto que meu tempo no quarto acabou. Faço parte da poeira velha que precisa ser varrida para fora para abrir caminho para as coisas novas, e sei que nunca mais vou voltar. Tem coisas que a gente simplesmente sabe.

A última coisa que faço é pegar meu chapéu do chão, ao lado da porta, dar meia-volta e me despedir da senhora da limpeza com um aceno de cabeça.

Obrigado, digo.

Mas não vou muito longe. A meio caminho do elevador, escuto quando ela grita de dentro do quarto.

Senhor, espere!

Ela voa pela porta, como se estivesse com fogo no rabo, mas diminui a velocidade imediatamente quando me vê ali parado. Sua respiração está pesada e entre cada palavra há uma pausa, quando ela inspira mais ar.

Ufa, senhor, ufa. Esqueceu isto aqui. Ufa, e empurra o objeto no meu peito antes mesmo de eu ver que é um caderno.

Um caderno velho e puído, com cantos frágeis, amarelado pelo tempo, e com a capa totalmente em branco. Permito que seja empurrado para cima do meu peito e o aceito sem nem tentar explicar que não é meu. Simplesmente estou cansado demais para explicar qualquer coisa neste momento. Além do mais, tudo que chega até a gente tem um motivo para chegar.

Na descida do elevador, escuto o chiado das rodas raspando nos cabos e percebo que a razão por que me sinto tão diferente é porque estou deixando alguma coisa para trás. Não sei qual tem sido meu problema nesses últimos dias, nem por que andei tão incapacitado, por assim dizer. Porque o negócio é que, lá no fundo, sempre me senti assim, como me sinto agora, mas nunca quis me matar de verdade.

Atravesso a rua na frente do hotel e entro na rotisseria da esquina. Quase me esqueci do caderno, mas, ali parado na frente da geladeira, quando me inclino para pegar uma caixa de leite longa-vida, ele cai no chão. Eu o vejo ali caído, sob a luz fluorescente, quase brilhante, e não posso deixar de pensar que há algo de esquisito nisso. Eu me inclino para frente e dou uma olhada nele, mas não o recolho. A capa está em branco, só há três letras escritas em caligrafia mínima no canto superior direito. Imagino que sejam algum tipo de iniciais, mas realmente não faço a menor ideia de quem seja seu dono. Suponho que a coisa mais fácil a fazer seja abrir o objeto desgraçado para ver se há mais alguma pista dentro, ou, melhor ainda, levá-lo de volta para o hotel e deixá-lo lá com eles. Mas tem alguma coisa nesse caderno. É uma sensação que tenho quando olho para ele. Eu o pego e, apesar de não estar mais sob a luz fluorescente, ainda há uma leve sensação cintilante nele. Olho para as letrinhas, J.D.S., como elas meio que se destacam e pairam no ar a um dedo do papel, e resolvo ali mesmo que não vou abri-lo. Em vez disso, o devolvo ao meu bolso e vou até o caixa.

As ruas em volta da rodoviária estão animadas com luzes pulsantes. Nova York é um brinquedo em que se deu corda até a fita de ferro arrebentar e daí ela só gira e gira e não há como fazer com que pare. Tudo é sujo aqui, mas às vezes simplesmente dá vontade de lamber, chupar cada calota que passa e cada trecho de calçada com chicletes colados, e de se banhar com o ar quente que sai dos canos subterrâneos. É assim que me sinto neste momento, parado no meio de tudo isso, tentando pegar o ônibus certo.

Tem alguma coisa naquele caderno que me incomoda e tenho na cabeça a ideia maluca de que, se eu entrar em um ônibus e for para o norte, alguma coisa boa vai acontecer. Não sei como nem por quê, mas antes que eu faça qualquer outra coisa, preciso devolver esse caderno para o dono. Não sei nem dizer por que é tão importante; simplesmente é uma coisa que preciso fazer.

Existe uma razão para tudo na vida, as coisas acontecem e você dança conforme a música, sem saber, porque não consegue enxergar o panorama geral. Mas não faz mal, porque a vida o coloca nos lugares em que você deve estar por algum motivo. E é disso exatamente que estou falando. Acho que recebi esse caderno por um motivo, e o motivo é que preciso devolvê-lo. Só Deus sabe o que há lá dentro. Até onde sei, pode ser a cura do câncer. Não ia querer atrapalhar isso. Mas a verdade é que o conteúdo desse caderno realmente não faz diferença. Só sei que, se Mary estivesse viva, ela é que o teria encontrado, e faria de tudo para devolvê-lo à pessoa a quem pertencesse. Ela era assim, sempre via significado nas coisas que aconteciam, ela se considerava uma pecinha de um grande quebra-cabeça.

Há coisas importantes que preciso fazer. Preciso ver Phoebe, e preciso ver meu filho, e preciso dizer aos dois que os amo. Nada mais é importante agora, sei disso. Mas tudo começa com esse caderno.

O ônibus que mais me diz alguma coisa é o que vai para Boston. Acaba sendo uma boa escolha, porque só está com metade da lotação, e pego dois assentos inteiros só para mim. Quando desço, várias horas depois, sinto a diferença de temperatura na mesma hora. O ar aqui é cru e úmido, como uma ostra aberta, e sopra através da gente. Fico enrolando na estação por uns vinte minutos, para ver se tenho alguma ideia de onde devo ir a seguir. Sinto que ainda preciso avançar, que não é o fim da linha, e acontece que estou certo.

Assim que o vejo, sei que é o lugar certo. Está escrito em letras brancas maiúsculas na parte superior da frente de um ônibus, e as letras saltam igualzinho às letras no caderno, e fico pensando que eu não poderia deixar aquilo passar nem que fosse cego. Cornish. Soa estranho na minha boca, quase como algo que se come, mas quanto mais eu repito, mais se encaixa.

Continuo seguindo para o norte e, quanto mais avanço nessa direção, mais as árvores sangram. Olho através da janela enquanto avançamos através de um matadouro de folhas mortas penduradas muito imóveis e úmidas de ganchos no teto.

A rodoviária de Cornish é muito pequena, tem só um lugar para os ônibus estacionarem e uma placa em cima de uma janela da agência de correio onde dá para comprar passagem. Fico parado na calçada, na frente do guichê, e observo quando o ônibus se afasta. Espero um minuto antes de me mexer, então tenho tempo para me fundir à paisagem e para deixar que a cidade me aceite e prossiga com a vida. Acho que consigo me encaixar bem logo de cara: Cornish parece ser uma cidade que só tem gente velha. Vejo um grupo na frente do correio e outro na frente da igreja, mais para baixo na rua. Gente velha passa de carro pela rua principal, bem devagar, todos sentados perto demais da direção em seus carros grandes e reluzentes.

Começo a caminhar na direção do posto de gasolina do outro lado da rua para beber alguma coisa. O lugar está vazio, a não ser pelo velho atrás do balcão.

Você não é daqui, ele diz, quando coloco uma lata de Coca no balcão.

Olho para ele para ver que tipo de afirmação é aquela na verdade, mas não sei dizer. Ele não muda de expressão, pode querer dizer qualquer coisa.

Tem razão, respondo. Vim aqui entregar uma coisa.

Assim que digo isso, vejo como parece bobo, como se eu estivesse em uma porcaria de um filme e tivesse sido enviado até aqui pela máfia da cidade grande para executar um serviço.

É um caderno, eu completo, e o tiro do bolso pela primeira vez desde a rotisseria, só para mostrar a ele que não estou brincando.

O homem o tira de mim e o segura no ar, com o braço estendido, à frente dos olhos. Aperta os olhos para a capa e então o devolve rápido para mim e começa a me interrogar.

O que você quer com isso? ele grunhe e aperta os botões da caixa registradora com mais força do que o necessário.

Nem me dou o trabalho de perguntar o que ele quer dizer. Talvez o dono do caderno e esse homem tenham uma espécie de rixa entre si, mas não quero me envolver. Só quero entregá-lo e então ir cuidar do que é importante, e saio com a minha Coca sem dizer mais nenhuma palavra.

Sigo a rua principal e atravesso a cidade. Minhas pernas parecem fortes e descansadas, e não me incomodo de caminhar um pouco. Ao longe, vejo o carro do carteiro estacionado ao lado da rua; ele leva uma caixa até uma casa e a deixa na varanda. Está voltando para o carro bem na hora em que passo na frente.

Será que pode me indicar o caminho? pergunto.

Ergo o caderno para que ele possa ver as iniciais. Não é muita informação, mas, por algum motivo, sei que ele vai me dizer onde é, e estou certo.

Claro, ele diz sem pensar duas vezes, e tira a luva para me mostrar aonde devo ir.

É jovem para ser carteiro, deve ter uns 20 e poucos anos, e não tem nenhum pelo no rosto. Ele me lembra de quando eu tinha aquela idade e o mundo era um livro aberto. Quando a gente acreditava que podia se tornar qualquer coisa que quisesse, mesmo que fosse ir para a lua ou navegar ao redor do mundo em uma xícara de chá.

Seguindo suas instruções, volto até a cidade e viro à esquerda, em uma estrada menor. Ele disse que eu devia andar uma eternidade por essa rua e daí eu chegaria lá, e achei que foi um jeito engraçado de falar. Realmente não parece assim tão ruim, mas quando subo a primeira ladeira e vejo a rua se estender à minha frente, por mais duas elevações, percebo o que ele quis dizer. A floresta nunca está longe aqui. Ela se esgueira por um lado da via pela qual eu caminho. Aposto que se as ruas e os gramados permanecessem intocados por um tempo, as árvores invadiriam tudo e tomariam conta da área com muita rapidez.

O céu aqui é mais um mar de amarelo e cor de laranja do que de vermelho, e avisto a caixa de correspondência branca ao longe, uma boia flutuante no meio de toda aquela cor. Abro a caixa e me inclino para olhar lá dentro. Está vazia. Eu poderia colocar o caderno ali e pegar o próximo ônibus para ir ver Phoebe. Fiz o que vim até aqui para fazer. Mas, assim que tenho esse pensamento, um vento sopra do nada e vira as folhas. O caderno se abre e logo todas as páginas são folheadas, então sei que preciso levá-lo pelo último pedaço do caminho.

Toco a campainha e fico parado, imóvel, na frente da porta de tela. Eu me vejo no vidro, só o contorno de mim mesmo, mas já me basta. Penso na época em que minha vida foi estraçalhada por um caderno, uma época que parece ao mesmo tempo distante e próxima, e espero que desta vez seja diferente.

20

Todos os dias desde que o criei, todos os dias desde que o expeli do útero da minha mente, tenho pensado nele. Todos os dias, durante sessenta longos anos, ele esteve aqui comigo, como uma sombra invisível, e agora finalmente está aqui, na frente da minha porta. Eu me sinto nervoso, confesso, mas não tenho vergonha de dizer. Eu me sinto nervoso, sim. Acho que ele não vai me reconhecer, tenho quase certeza, mas, bom, que coisas realmente são certeza?

A campainha só tocou uma vez, mas sei que ele não vai embora antes de ter entregado o que veio entregar. Caminho lentamente pela sala. Meu coração bate de um jeito como nunca senti antes. E paro por um segundo para observar os contornos do seu corpo através do vidro. O meu menino. Só agora percebo que não sei a cara que ele tem. Dentro de mim ele tem certo visual, mas é a aparência de um garoto. Fico só imaginando o que o tempo deve ter feito com ele. Dá para ver a sombra escura balançando um pouco de um lado para o outro, só um pouquinho, e o observo durante mais alguns segundos com a mão na maçaneta. O que são alguns segundos depois de ter esperado tanto tempo?

Sinto o cheiro do cachimbo antes mesmo de ele abrir a porta, mas, quando abre, não o vejo segurando um. Deve ter acabado de largar.

Sr. Salinger, eu digo. Parece que não sou capaz de continuar a partir daí.

Ele olha bem no meu rosto, realmente fica me encarando, como se eu o tivesse acordado ou algo assim, mas só durante alguns segundos, então acena com um gesto rápido para que eu entre e vira as costas para mim. Não tenho escolha além de segui-lo. Já me esqueci de como é seu rosto. Por trás, percebo que já foi um homem alto, mas hoje caminha encurvado, parecido com uma letra C que não está muito bem desenhada.

Olho para suas costas enquanto ele arrasta os pés pela sala, e meus olhos o acompanham na direção de um corredor do outro lado. Não tem quase nenhuma mobília nessa primeira sala, apenas um sofá e um piano velho que parece nunca ter sido tocado, já que todas as teclas estão cobertas por uma camada de poeira. Na verdade, só quero explicar como encontrei esse caderno, entregá-lo e tomar meu rumo, mas não posso também só ficar parado à porta, sozinho, então não tenho escolha a não ser segui-lo.

A casa não parecia muito grande de fora, mas atravessamos tantos aposentos e corredores antes de finalmente parar que chego a ficar confuso. Entramos no que parece ser um escritório e ele logo o atravessa e se acomoda em uma cadeira giratória na frente de uma escrivaninha, sem me perguntar se eu gostaria de me sentar. Ele também deve estar se perguntando por que estou aqui, mas preciso dizer que não demonstra. Estou começando a pensar que talvez ele tenha me confundido com alguma outra pessoa. Isso acontece com mais frequência do que seria de imaginar com as pessoas depois de uma certa idade.

Olho ao redor do aposento e vejo estantes que cobrem todas as paredes, menos uma, e todas estão lotadas até o alto com pilhas de livros. Quando olho mais de perto, vejo que a maior parte deles é de cadernos, milhares deles, muitos exatamente iguais ao que ainda seguro. Finalmente, ele me convida para sentar e aponta para uma cadeira atrás de mim. Eu me sento e, ao fazê-lo, olho diretamente para o quadro na parede atrás dele. É estranho, para falar a verdade, mas não quero olhar diretamente para ele enquanto está olhando para mim. Quer dizer, não tenho medo dele, mas meu rosto fica mais confortável olhando para o quadro atrás dele do que encontrando seus olhos. Fico achando que deve ser da Índia, porque tem um certo ar oriental. Uma mulher com pele azul e um véu transparente está sentada em um bote, e à margem há homens e um rebanho de ovelhas. Não sei se querem entrar no bote ou se o empurraram para longe da margem e, bem quando vou fazer uma pergunta sobre a imagem, ele tira os olhos de mim e começa a datilografar.

Ele se senta encurvado por cima de uma máquina de escrever antiga e seus dedos correm com suavidade por cima das teclas. Ele mais as acaricia do que bate nelas, mas o som ainda assim é cortante e rápido. Sem erguer os olhos do papel, diz:

Eu estava esperando por isto.

De repente, sinto quando me levanto da cadeira para ir me colocar no meio do escritório, bem onde a madeira é um pouco mais escura do que o resto. Agora posso olhar para ele sem nenhum problema e ver que deve ser mais velho do que eu, provavelmente está mais perto dos 90. Dou uma olhada em sua escrivaninha, e ao lado da máquina de escrever há uma pilha de papel bem alta, presa por cima por um cachorro de ferro fundido.

Esperei muito tempo.

Ele profere as palavras lentamente e articula cada sílaba, como se estivesse falando com um quarto vazio. Então ergue a mão e bate na última tecla com a mão descendo bem do alto, fazendo um mergulho gigantesco, como um pianista termina uma longa peça.

Ele se vira para mim sobre a cadeira giratória e só agora consigo olhar bem para ele. É muito parecido com um homem velho comum, devo dizer, com cabelo grisalho, pele enrugada e ossos secos. Já vi isso tantas vezes que é difícil para mim distingui-los. É mais ou menos a mesma coisa que olhar para um recém-nascido atrás do outro. Mas tem alguma coisa de diferente nele, alguma coisa que eu nunca vi exatamente igual, e está em seus olhos. Eles são escuros e profundos e amendoados. São as únicas coisas em seu rosto que parecem não ter envelhecido. Continuam tão profundos quanto imagino que devem ter sido desde a primeira vez que os abriu. Sinto seu olhar sobre mim no lugar em que estou. É cortante, como uma bala, e me perfura quando ele fala.

Você não teria como saber, ele diz.

Fico esperando pelo resto, mas nunca vem.

Preciso ir andando, digo.

Logo depois de eu falar isso, ele começa a dar muita risada mesmo, batendo no joelho sem parar. Até afasta um pouco a cadeira da mesa para poder bater melhor com a mão. O escritório se enche com seus urros e, pela maneira violenta como dá risada, fico com medo que vá cair a qualquer segundo. Quero sair, mas só fico lá parado na mancha marrom-escura, incapaz de me mover. No fim a risada se silencia, mas não desaparece completamente.

Ele ainda dá risadinhas entre as palavras enquanto fala.

Eu sei, ele diz, e como sei.

Quando sua risada cede completamente, a única coisa que escuto é sua respiração pesada, que também logo fica mais suave, e o escritório volta a se encher de silêncio. Ele fica com os olhos presos em cima de mim, como um pintor que dá um passo atrás e olha para a tela entre pinceladas. Agora retribuo seu olhar, mas, ao fazê-lo, continuo com a sensação de que não deveria. Mas faço mesmo assim.

Estamos nos observando, um de cada lado do aposento, e o silêncio é tão grande que nem consigo escutar meu próprio coração bater.

Preciso pedir um favorzinho a você, ele diz.

Antes mesmo de poder responder, já sei que vou fazê-lo. Faço qualquer coisa que ele me pedir.

Ele se vira completamente e caminha até o arquivo sem hesitar. Ficou tão velho, igualzinho a mim. Mas não somos a mesma coisa. Não, não somos iguais de jeito nenhum. Eu sou real e ele é apenas uma fantasia. Uma fantasia que se libertou e abandonou o rebanho, talvez, mas continua sendo uma fantasia. Ele se inclina para frente, não como um velho, mas direto pela cintura, e vejo as pernas da calça dele se levantarem um pouco acima dos tornozelos. Eu lhe disse que colocasse no arquivo verde porque os arquivos verdes ficam na gaveta mais baixa.

O cachorro pesa na minha mão quando me levanto e o seguro nas costas. Acho que ele não vai se virar – não está no meu papel –, mas não tenho certeza.

Ouço quando ele se levanta, mas não me viro. Eu devia simplesmente colocar o caderno em um dos arquivos verdes, assim acabo logo com isso e posso seguir meu caminho, mas, quando me inclino para frente para fazer isso, alguma coisa me chama a atenção. Para dizer a verdade, não consigo decifrar imediatamente a informação; é demais, é confuso demais, e além de tudo ainda escuto quando ele fala.

Você percorreu um longo caminho.

Ouço sua voz vindo de trás. Leio as etiquetas em cada arquivo, mas ainda assim não entendo o que significam. Minha mente está ocupada demais com sua voz. Ah, mas é claro, o homem no posto de gasolina. É por isso que ele sabe. As notícias correm rápido em uma cidadezinha. Antes que eu me dê conta, minha mente me alcança. Não escuto mais quando ele se aproxima por trás; já não escuto absolutamente nada. A única coisa que posso fazer é ler as etiquetazinhas em cada arquivo. As letras de forma são pequenas e criam palavras que reconheço muito bem. Pencey. Sr. Spencer. Stradlater. Phoebe. D. B. Prostituta. Maurice. Museu de História Natural. Campo de centeio. Carrossel. Até Allie. Está tudo aqui. Minha vida inteira está aqui.

Alguma coisa não parece certa. Há um peso no ar, e meus pelos estão arrepiados. Dá para sentir por baixo da camisa. O cachorro pesa nas minhas mãos e estou suando. Não posso dei-

xá-lo escorregar. Dou um passo mais para perto. Uma vez vai ser o bastante. Ele está inclinado para frente, mas o caderno continua em sua mão. Parece que ficou paralisado naquela posição. Talvez meu trabalho tenha sido melhor do que eu imaginava. O piso range, tenho certeza de que ele deve ter me escutado. Mas continua imóvel como nunca. Onde devo atingi-lo? Acho que nas costas, e aperto com mais força a cabeça. Estou a apenas dois passos dele agora. Se ele se virar, vou acertar na frente. A última coisa que ele vai ver nesse mundo de faz de conta vai ser esse cachorro.

Eu o ouço chegar mais perto, mas não me mexo nem um pouquinho. A única coisa que consigo fazer é olhar para as etiquetas. Tudo na minha cabeça está em silêncio. Acho que nunca estive assim tão em silêncio em toda minha vida. Não estou confuso, só totalmente imóvel por dentro, como se tivesse me transformado em pedra. Então, de repente, me sinto quebrar em dois, depois em cinco, em dez, e finalmente em mil pedacinhos. Racho dos pés à cabeça, como se tivesse sido atingido pela marreta de Deus. Mas não caio nem me inclino para cima do arquivo sobre o qual estou debruçado, apenas cambaleio no lugar em que estou, um bêbado recuperando o equilíbrio, e então ergo meu corpo dolorido e fico em pé.

    Eu me viro e o vejo parado logo atrás de mim, mas não o enxergo muito bem porque tudo é um borrão. Meus olhos se encheram de lágrimas e choro feito um bebê. Mesmo assim, ainda reparo nele ali parado, com um braço atrás das costas.

Não era a gaveta de baixo, como eu disse a ele. Eu disse a ele para guardar na gaveta de baixo, e não na do meio, porque sei o que há na do meio. Eu sei e agora ele sabe. No momento em que minha mão estava prestes a desferir o golpe, quando estava segurando o cachorro bem firme e pronto para descê-lo com toda a força, vi que era a gaveta errada. Agora só fico lá, parado. Perdi o ímpeto, mas há uma coisa pior. Algo pior está acontecendo.

Não consigo me segurar e choro feito um bebê desgraçado. Não quero estar aqui, quero ir embora. Quero estar perto de Mary, quero estar com Daniel e com Phoebe, mas, mesmo assim, sei que este é o meu lugar. Sei disso muito bem, porque sinto lá no fundo, este é o lugar de onde vem o silêncio. Sei que este é o lugar ao qual pertenço no mundo, e é por isso que estou chorando. Estou chorando porque odeio o fato de este ser o lar que passei a vida toda procurando.

Eu o enxergo através das lágrimas e dá para ver que ele sabe. Parece tão velho, pela maneira como se vira e volta para sua escrivaninha. O cachorro parece pesado demais para ele, e ele o pousa na pilha de papéis, suspira e se vira para mim. No começo, fico achando que está prestes a dizer alguma coisa, mas não fala nada. Só fica lá, parado, olhando para mim e, antes que eu me inteire do que está acontecendo, ele também começa a chorar.

Alguma coisa está errada. Alguma coisa está terrivelmente errada. Estou aqui parado olhando para ele enquanto chora, tentando não sentir nada, pensando em pegar o cachorro de novo, e de repente não consigo mais respirar. Não consigo respirar porque alguma coisa entalou na minha garganta e nos meus pulmões, e a única maneira de colocar isso para fora é chorar. Então, aqui estou, o maior idiota do mundo, chorando até não poder mais na frente do meu... Estou aqui mesmo, chorando até não poder mais. Não quero pensar no assunto. Não quero enfiar essa palavra na minha cabeça. Estou chorando e tento não pensar nisso, mas não consigo evitar. Ali está, a palavra que fere mais do que qualquer punhal. Estou chorando até não poder mais na frente do meu filho.

Quero sair daqui. Apesar de eu ver a luz brilhando nas janelas do corredor, o ar está viciado e parece que estou dentro de um *bunker*. Mas não consigo me mexer. Abro a mão e o caderno cai, e observo o homem à minha frente e as lágrimas que rolam por seu rosto. Os músculos de sua face não se movem nem um pouco; seu rosto está completamente relaxado enquanto as lágrimas se espremem pelos cantos de seus olhos. Sinto que devo tomar uma atitude, caso contrário vamos simplesmente ficar ali para sempre. Mas não sei por onde começar. Quer dizer, o que devo perguntar? Por que minha vida está no seu arquivo? Por que este é o único lugar no mundo em que meu corpo fica em silêncio? Por que você está chorando?

São todas boas perguntas, mas a única coisa que sai da minha boca quando começo a falar é:

Encontrei o seu caderno no meu quarto.

Eu nunca tinha sentido o que estou sentindo agora. Está em algum lugar do meu peito e não consigo controlar, do mesmo modo que não posso controlar as chamas do fogo. Queima quase da mesma maneira, e a única coisa que posso fazer é suportar. Como ele é lindo. Como é que eu não tinha reparado nisso antes? Seu corpo é feito de pedacinhos minúsculos de tinta, peça a peça, uma empilhada sobre a outra. Como é que pude deixar de ver? Não posso fazer isso. Nunca na vida poderia fazer isso. O fogo queima no meu peito, e fico aqui, parado, absorvendo. Queima por causa do que estou prestes a fazer, e agradeço a deus pela dor lancinante, a qualquer deus que ainda não tenha virado as costas para mim.

De repente me sinto muito cansado e me sento no chão, bem onde estou. Minha mente não é capaz de apreender o que está acontecendo e sinto que ela reclama quando tento compreender. Assim como um motor forçado ao limite, o meu está tossindo e uma fumaça preta cobre a minha mente. Ele ergue a mão e o ouço fungar e assoar o nariz em alguma coisa. Estou tão cansado que preciso descansar um pouco. O silêncio dentro de mim é completo e mais espesso do que meu próprio corpo. Ele se estende por todo o meu ser e dispara da minha barriga para o escritório inteiro. Reparo que ele se afastou de mim e está novamente em sua cadeira. Escuto as batidas na máquina de escrever em uma névoa que sopra na minha direção, como se elas não conseguissem penetrar completamente a grossa parede de silêncio.

Vou ajeitar as coisas. Fiquei cego por tanto tempo, e agora, finalmente, vou ajeitar as coisas. Eu o abandonei. Eu lhe dei as costas. Deserdei meu próprio filho, e agora vou ajeitar tudo. Ain-

da consigo ajeitar. Ainda há tempo. Tem que haver. Só há quentura para ele em meu coração, é a única coisa que sempre houve. A verdade que acabei de perceber é essa. Como é que pude ser tão cego? Não consegui me livrar dele, mesmo depois de tentar durante todos esses anos, por uma razão muito simples. Lá no fundo, eu não queria que isso acontecesse. Sei qual é a palavra para isto e não tenho medo de usá-la. Tenho vergonha e sou todas as coisas que mereço ser, mas o negócio é que não tenho mais medo de dizer. Ele é parte de mim tanto quanto eu sou parte dele, e só quero ajeitar as coisas. Por favor, meu deus, ajude-me desta vez a ajeitar as coisas. Porque você me vê e me escuta, porque você sabe quando falo o que nunca falei antes. Eu o amo. Eu o amo.

Ouço as batidas da máquina de escrever, bem no meu ouvido, e de repente estou em pé de novo. Estou tonto e um pouco desequilibrado, mas minha bexiga está cheia e preciso usar o banheiro. Tenho que usar o banheiro imediatamente, e não preciso me preocupar em como encontrá-lo, porque entro no corredor, abro a primeira porta à direita e lá está ele.

Escuto o som da máquina de escrever parado em cima do vaso, e ouço quando para de súbito. Fico em pé onde estou mesmo depois de terminar, minha calça continua abaixada e seguro meu pênis enrugado em uma mão; a luz de fora é suficiente para que eu enxergue no banheiro escuro. Fico lá parado como se estivesse esperando alguma coisa e acho que escuto alguém chorar, mas não tenho certeza.

Há coisas que se pode dar e há coisas que não se pode. Vou dar a ele as coisas que não se pode dar, porque as estou tirando de mim mesmo. Estou tirando pedaços de mim mesmo que nunca mais vou recuperar e vou dá-los a ele, e sinto que é a coisa certa a fazer. Preciso ser esse cavaleiro agora. Pelo menos desta vez, realmente faz diferença. Papel, tinta, pensamentos e histórias, tudo isso são coisas corriqueiras, mas desta vez, pelo menos, realmente fazem diferença. É uma questão de vida e morte, e preciso ser esse cavaleiro.

O caminho não é muito longo, mas é um trajeto cheio de buracos traiçoeiros que, quando se cai neles, levam a lugares inatingíveis. Preciso afiar minha lança e ser melhor do que jamais fui, e preciso fazer isso agora mesmo. Até agora tem sido brincadeira de criança, uma lição aprendida na escola. Mas agora é de verdade, e preciso ser o cavaleiro que o protege a cada passo do caminho. O que vou lhe dar também é o que vou perder, porque vou mandá-lo embora. Agora que acabei de encontrá-lo. Se eu pudesse desejar uma coisa, seria que ele ficasse aqui, perto de mim, para sempre. Mas justamente por isso é que não posso permitir. É isto que vou lhe dar, o dom que fará com que ele fique inteiro. Vou ser seu cavaleiro e vou lhe mostrar o caminho para casa.

Escuto a melodia familiar da máquina de escrever começar de novo, e subo a calça e dou descarga. Nem volto para o escritório, começo a caminhar pelo corredor, para longe do som das batidinhas. Não estou bem certo em relação ao caminho, mas acontece que nem preciso pensar nele. Só preciso caminhar e logo estou parado bem na frente da porta de entrada novamente. Coloco a mão na maçaneta e sei, no fundo do coração, que nunca mais vou voltar aqui.

Fecho os olhos e tento escutar as batidinhas, e continuo escutando. Estão lá, no fundo da minha cabeça, martelando um rit nem onde estive. Parece que caí em uma tigela gigantesca de óleo fervente e que tudo estava perdido, mas de algum jeito consegui me arrastar até a beirada e deslizar para o chão, ileso. Passei por uma espécie de portão e agora a estrada se abre à minha frente. Sei que preciso prosseguir; tenho paradas a fazer. Dou mais uma conferida no silêncio do meu coração, abro a porta e saio da casa.

Passo pela caixa de correio, chego à rua, subo e desço três elevações, dobro à direita e vou direto para a parada de ônibus. Não quero pensar sobre o que acabou de acontecer nem sobre o que significa, se é que significa alguma coisa. Só quero seguir em frente. Um dia vou me sentar e pensar a respeito disso tudo. Vou reexaminar minha cabeça, refletir sobre cada mínimo detalhe e montar o quebra-cabeça, peça por peça. Mas não agora. Neste momento, tenho coisas mais importantes a fazer.

Tenho sorte, porque um ônibus encosta assim que chego e, mais uma vez, pego dois assentos só para mim. Entre um cochilo e outro, observo as lanternas brilhantes desfilarem pela janela, até pegarmos velocidade e começarmos a andar tão rápido que tudo se transforma em um borrão colorido.

Durmo durante a maior parte do caminho de volta a Nova York, e já é tarde quando chego. Passo a noite toda caminhando pela rodoviária, porque não estou a fim de me hospedar em outro quarto de hotel e, às cinco, quando o café abre, ainda tenho mais quatro horas para esperar. Tomo uma xícara de café atrás da outra e fico indo e voltando do banheiro.

Saio para tomar um pouco de ar. Atravesso a rua e caminho meio quarteirão para matar um pouco de tempo. Não há muita gente na rua assim tão cedo. O sol saiu, mas está baixo demais para aparecer por cima dos prédios. Em vez disso, ele se divide em um milhão de pedacinhos brilhantes e consegue entrar nas ruas laterais, vindo da água até aqui. Passo por uma livraria e há um mapa de Manhattan colado na vitrine. Só de brincadeira, paro e coloco o dedo bem onde estou agora. Este lugar é especial. Tantos segredos atrás de tantas paredes de tijolos. Mas é lindo. Deslizo os dedos pelo vidro, pelo mapa, da rodoviária até o parque, até o nosso antigo apartamento, de volta ao parque, traçando o caminho que percorri nesses últimos dias. Meu dedo parece se lembrar de cada passo que dei. Vai se movendo pelas ruas, até Chinatown, depois para a Union Square, de volta ao Roosevelt várias vezes, por toda Manhattan, até acabar bem onde estou parado agora. Tenho a história na ponta dos dedos, minha vida na vitrine de uma loja. Faço o traçado de trás para frente, movendo o dedo em retrocesso, percorrendo cada passo que dei. Vou e volto assim, passando do presente para o passado, do presente para o passado, até que chega a hora de embarcar no ônibus.

Pego a passagem e me dirijo para o andar de baixo. O ônibus está lotado e tento não ocupar muito espaço. Enfio as mãos embaixo das axilas e caio no sono encostado na janela, pensando em Phoebe.

Às vezes, mas não com muita frequência, deixo que fitas antigas a exibam. Mas é estranho como ela parece mais próxima de mim neste momento do que nos últimos sessenta anos.

Chegamos à Filadélfia pouco antes do almoço. O dia está bonito, com céu azul e tudo. No começo, quando desço do ônibus e caminho pela rodoviária, me sinto bem com a coisa toda e vou direto para o banheiro para esvaziar a bexiga. Mas daí, de repente, fico nervoso. Não estou cansado nem com fome nem nada, só nervoso. Jogo um pouco de água fria no rosto e tento respirar para fazer passar. Conto todos os azulejos brancos que vejo no espelho atrás de mim, e com isso um pouco do nervosismo vai embora.

Vou me sentar em um banco na frente do meu portão de embarque e, no caminho, quase tropeço em um cachorro deitado no chão. Pertence a uma menininha, que não deve ter mais de 7 ou 8 anos e segura firme na coleira dele.

Venha, Creampuff, diz e puxa a coleira em sua direção para tirar o cachorro da minha frente.

É exatamente o tipo de cachorro que se esperaria que uma garotinha de 7 anos tivesse. Uma coisinha pequena, branca e peluda, tão peluda que, na verdade, não dá para distinguir uma ponta da outra. Sua mãe está sentada ao lado, lendo um livro, com um monte de malas aos pés. Aliás, são tantas malas que, se não tivesse pés, não daria para saber.

Não falo com ninguém, apesar de, se precisar, ser capaz de conversar com uma planta sobre o tempo quando estou nervoso. Em vez disso, me levanto e compro um sanduíche do carrinho ao lado da banca de jornal, então volto para o meu assento. Como meu sanduíche e observo a menininha puxar a coleira de Creampuff até o cachorro cansar de ser puxado e se afundar no chão com um suspiro, recusando-se a se mexer. Logo, uma voz metálica e ríspida chama o meu ônibus pelos alto-falantes, ecoando pelo corredor. A menininha pega Creampuff no colo e a mãe pega todas as malas, e vejo que ela de fato tem dois pés, e caminho atrás delas até o ônibus. Phoebe já foi assim. Toda menininha já foi assim, penso, e pego um assento perto delas.

Só demora quarenta minutos para minha parada chegar, e, quando passo pela menininha à esquerda, sorrio para ela e para o cachorro.

Tchau, Creampuff, digo e sorrio.

A menina parece surpresa e aperta Creampuff com mais força nos braços, só para o caso de eu tentar roubá-lo.

Fico parado ao lado da estrada, até o ônibus ir embora. O motor do ônibus ruge quando se afasta e revela uma placa por trás de seu casco brilhante. Strawberry Hill, é o que diz, e atravesso a estrada e entro na propriedade.

Fico pensando que devem construir todas com a mesma planta, porque a entrada, se isso é possível, é ainda mais lisa do que a de Sunnyside. A casa também se parece muito com a de Sunnyside, só que a placa pendurada na frente da porta tem formato de morango. A área da recepção é fresca e silenciosa. Talvez façam uma pesquisa em relação ao que acham que os velhos gostam – uma entrada bem lisa, um laguinho de peixes no fundo e uma mocinha na recepção –, e assim fazem uma planta e constroem todas as casas a partir dela. Mais ou menos igual a um McDonald's, só que com gente no lugar de hambúrgueres.

Mal dá para ver a moça do meu lado do balcão, e tento agir como se pertencesse ao lugar quando me dirijo a ela.

Olá, eu digo.

Ela ergue os olhos do livro que está lendo.

Oi, responde.

De repente, sou pego um pouco de surpresa, porque na verdade não planejei tudo muito bem.

Humm... Vim aqui visitar minha irmã, Phoebe... Hardwell, eu digo e mordo a língua.

Eu me arrependo de mentir na hora em que falo, mas daí já é tarde demais.

Mas a moça nem registra o nome. Ela só diz:

Desculpe, mas o horário de visita já terminou. Volte amanhã entre dez e meio-dia, e nem espera a minha resposta e já inclina a cabeça para cima do livro novamente.

Acho que eu poderia dizer a ela que vim de longe, que demorei muito e tive que passar por muita coisa para chegar até aqui, mas não estou com vontade de discutir. Tento não me sentir incomodado quando passo mais uma vez pela placa de morango e caminho por aquela entrada inacreditável de tão lisinha. Sou um pedaço de madeira seco sem ideias, flutuando rio abaixo. Vou para trás da caixa de luz e me alivio, mas, fora isso, só fico lá parado, esperando na estrada. O ônibus chega depois de uma hora e, quando entro, imediatamente procuro Creampuff, apesar de saber que não deveria. Aquilo foi em outro ônibus. Em outra vida. Tento não sentir isso, sei que não deveria, mas me sinto aliviado.

A vida dele já está tão passada que agora se move por seu próprio impulso. O mapa é tão amplo que é impossível controlar todas as partes da história ou ver o que se esconde atrás da próxima esquina. Minha contribuição continua lá, em algum lugar, crescendo sem nenhuma necessidade de ser cuidada, mas o jardim ficou tão grande que não consigo encontrar nada que estou procurando. Tento achar os botões certos para apertar, a ordem correta de virar as chaves, para que, quando o sol brilhar no sex-

to pilar, o chão trema e a parede se abra. *Eles precisam se unir novamente, ou ele nunca estará completo. Uma coisa leva a outra, e ele precisa fechar essa lacuna antes de prosseguir. Não posso decepcioná-lo. Vou continuar tentando.*

Passa das quatro quando volto para a estação. Minha cabeça parece meio leve e fico pensando que é porque andei fazendo muita coisa nos últimos dias. Mesmo assim, não estou disposto a me sentar de novo, então começo a caminhar pela rodoviária e tento dispersar a névoa que existe dentro de mim. Parte de mim não quer fazer nada além de deitar em lençóis brancos e macios e deixar o cheiro de detergente me levar para longe. Só ficar lá, deitado, e esquecer tudo. Haveria uma leve confusão no início se eu voltasse, mas tudo logo retornaria ao normal. Parece que passei a vida toda indo a algum lugar, e agora estou cansado disso. Talvez ainda nem tenham ligado para o Daniel, e para Phoebe não faria diferença.

Na verdade, me sinto tão cansado neste momento que poderia me deitar e dormir aqui mesmo, no chão da rodoviária. Por instinto, estico a mão e agarro a primeira coisa antes de me dar conta do que está acontecendo, e a porcaria da parede inteira vem ao meu encontro com tudo.

Quando abro os olhos, vejo pessoas reunidas ao meu redor em um círculo. Um homem está de joelhos ao meu lado, com a cabeça inclinada em cima do meu peito. Acho que deve ser motorista de ônibus, porque a única coisa que vejo é seu quepe. Alguns botões da parte de cima da minha camisa estão abertos, e outra pessoa abana uma revista na frente do meu rosto. Demora um momento para os meus olhos retomarem o foco e, quando

isso acontece, ergo a cabeça e assim, sem mais nem menos, a multidão se dispersa. O motorista de ônibus tira a orelha do meu peito e vejo revistas cobrindo o meu corpo da barriga para baixo, descendo pelas pernas. Lembro de pensar que essa é uma coisa estranha de se fazer, cobrir uma pessoa com revistas, mas aí vejo o mostruário caído. Eu me ergo em cima dos cotovelos.
Está tudo bem?, o motorista de ônibus pergunta.
Tento sentir se tem alguma coisa quebrada ou ver se estou com alguma dor, mas está tudo bem.
Acabei de fazer uma operação, eu digo, e as revistas escorregam do meu corpo. Um marca-passo novo. Acho que não devem ter regulado muito bem.
O motorista de ônibus olha para o meu peito, mas meus dedos já estão abotoando a camisa.
Aliás, é para lá que estou indo agora, para regular, eu completo.
Fico pronto para sentir a dor perfurando o meu corpo quando o motorista de ônibus me ajuda a levantar, mas nada acontece. Uma moça começa a recolher as revistas, uma por uma, e as coloca de volta no mostruário.
O motorista ainda segura um dos meus braços, como se não tivesse certeza se sou capaz de ficar em pé sozinho, e diz:
O senhor não devia ficar andando por aí com esse marca-passo desregulado.
Na verdade, não sei por que minto, tem sido assim a minha vida inteira. Minto sobre as coisas mais bobas do mundo, e, quando começo, não tem como parar.
Vão me pegar quando eu descer do ônibus, eu digo.
Ele me leva até o portão certo e conversa com o motorista, que me deixa entrar antes de todo mundo, e eu agradeço e ob-

servo enquanto ele cambaleia para descer os degraus e vira os ombros largos para conseguir passar pela porta. Pouco depois o ônibus se enche de passageiros carregando todo tipo de malas e caixas, que apertam nos compartimentos superiores. Ainda me sinto um pouco abalado até chegarmos à estrada, e então me sinto bem outra vez.

Não penso sobre o lugar para onde estamos indo, parto do princípio de que é de volta a Nova York, mas, sentado do lado direito do ônibus, vejo a placa de longe. Strawberry Hill. Ele deve ter confundido minhas passagens quando me ajudou a ir até o portão.

Percorro novamente a entrada, agora um pouco mais rápido, e por sorte não é a mesma moça; esta tem uma pinta bem grande na bochecha direita.

Esqueci minha carteira no quarto da sra. Hardington, digo antes mesmo que ela tenha oportunidade de abrir a boca, e vou entrando sem diminuir o passo.

Está tudo muito parado e silencioso, e ainda não vi ninguém além da moça. Passo por duas portas, mas nenhuma tem identificação, nenhum nome, e não sei o que eu devia estar procurando. Atravesso um corredor, e nas paredes há vasos de flor, e em cima deles fotos de gatos, balões, ondas e flores e todas as coisas que a gente realmente passa a adorar depois dos 60 anos.

Passo por mais um par de portas e chego à conclusão de que é melhor começar por algum lugar e conferir todas até encontrá-la. Aperto a orelha contra a primeira e espero uns dois segundos. Como não consigo escutar nada lá de dentro, experimento a maçaneta, a porta se abre e eu entro.

Por um instante, a luz do corredor penetra e ilumina um *hall* de entrada e, antes que a porta se feche completamente, vislumbro uma sala. Totalmente às cegas, vou tateando pela parede, fazendo movimentos circulares com as mãos, à procura de um interruptor de luz e, quando chego ao fim da parede, derrubo alguma coisa sem querer. O barulho é muito alto e fico paralisado, esperando que um alarme comece a soar e seguranças irrompam porta adentro a qualquer segundo. Fico escutando com muita atenção para ver se não há nenhum som, mas depois de uns dois minutos eu relaxo e continuo procurando o interruptor até o encontrar, bem ao lado da porcaria da porta.

Agora vejo que derrubei um porta-retrato. Eu o recolho e tiro os últimos pedaços de vidro com cuidado. É a foto de um homem e uma mulher na frente de um tipo de flor exótica. É uma flor gigantesca, que se avulta bem alta atrás deles. É tão grande que dá a impressão de que, um segundo depois de a foto ter sido batida, uma boca cheia de dentes afiados se abriu no meio das pétalas e abocanhou o homem pela cabeça, e ele ficou lá esperneando. O homem tem bigode e faz uma pose que poderia muito bem pertencer a um Hemingway dos tempos de hoje, da maneira como ele parece se apoiar em uma espingarda imaginária depois de um safári bem-sucedido. A mulher ao seu lado é um leão. Seu rosto é redondo e doce, mas indistinto. É o tipo de pessoa que seria quase impossível descrever em um interrogatório de testemunha. Tem um daqueles rostos de quem poderia se safar de um assassinato.

De repente, escuto sons vindos do corredor e me apresso em apagar a luz, e entro rápido no banheiro. Bem quando fecho a porta atrás de mim, escuto o interruptor ser acionado mais uma vez, e segundos depois uma voz resmunga:

Mas que diabo?, e daí tudo fica em silêncio.

Eu me entrego à situação e deixo que ela me leve. Não há como sair dali, então deixo cair tudo para dentro e simplesmente me sento na privada e espero que a faixa de luz embaixo da porta se transforme em uma sala inteira. A foto no porta-retrato quebrado ainda está na minha mão, e fico escutando os sons que vêm do lado de fora. Há pés que se arrastam no chão, alguém liga um rádio em outro quarto, depois uma porta abre e fecha. Ouço o som de uma vassoura varrendo, depois o ruído agudo de vidro quebrado escorregando para dentro de uma lata de lixo, e então uma porta que abre e fecha de novo. Fico sentado completamente imóvel e escuto todos os sons, mas, depois do barulho de varrer e do vidro caindo, tudo silencia.

Então, em um movimento súbito, a porta é puxada e se abre, e uma luz muito forte me ilumina, e durante alguns segundos não consigo enxergar nada.

Estava esperando você sair, uma voz diz por trás da luz que me cega.

Pisco algumas vezes e engulo em seco antes de ver o homem da foto ali parado, segurando a ponta do meu cachecol.

Sabe, ele diz, você não devia deixar pistas assim atrás de si quando invade a casa de alguém, e ergue para que eu veja.

Puxo do meu lado e, quando escorrega da mão dele, eu enrolo o tecido.

Eu estava procurando o quarto da minha irmã e virei no lugar errado, digo.

Seus olhos vão para a foto na minha mão, mas ele não diz nada, simplesmente dá meia-volta.

Preparei um pouco de café na cozinha, ele diz, já se encaminhando para lá.

Quando me sento à mesa da cozinha, percebo que ainda estou com a foto na mão e a apoio em um anjo de cerâmica, de frente para ele. Duas xícaras foram colocadas no meio da mesa, cheias até a borda de café preto como piche. Ele empurra uma xícara na minha direção e pega a outra. Parece quente demais para beber, então nem experimento.

Não digo nada, ele também não. Ele vira o café como se fosse um copo d'água, e então, como se tivéssemos recebido uma deixa, começamos a falar ao mesmo tempo.

Peço desculpas, eu digo.

Sabe, ele começa, e então há mais silêncio.

Espero um pouquinho para ver se ele vai começar a falar de novo, então prossigo.

A foto, eu digo, e aceno com a cabeça na direção dela, peço desculpas pela foto.

Ele parece nem reparar e simplesmente recomeça de onde tinha sido interrompido.

Sabe, eu não tenho muita companhia aqui, então, quando vi o vidro quebrado e o seu cachecol, fui direto para a cozinha e liguei a cafeteira.

Espero que palavras apareçam na minha mente, qualquer palavra, e o que sai é o seguinte:

Você é caçador?

Ele sorri e sacode a cabeça.

Não, não, eu não teria coragem de atirar em nada. Seus olhos se tornam sonhadores. Mas eu era um atirador bom pra caramba no exército.

É bem aí que penso na minha mãe. Ela costumava dizer que havia uma rua de mão única entre a minha cabeça e a minha boca, e eu dizia que isso era verdade para todo mundo, porque a boca da gente fica na cabeça, e ela dizia para eu não dar uma de espertinho.

Conversamos sobre a vida de modo geral, começando de uma ponta, mas nunca chegando até o fim. O tempo voa, e meu café esfria o suficiente para eu poder beber, e logo minha xícara está vazia. Nós dois olhamos para a foto e ele me conta que a mulher é sua esposa; faz dois anos que ela morreu. Foi tirada no Havaí, um ano antes de ela falecer.

Cansei de comer coisas enlatadas, ele diz, enquanto seus olhos percorrem a cozinha.

Sinto que meu tempo está acabando e me levanto. Olho para ele bem de frente e procuro alguma coisa que não desejo ver ali.

Preciso encontrar minha irmã, eu digo.

No começo ele não diz nada, e seu rosto permanece calmo. Daí, depois de um momento de nada, ele pisca e diz:

Você veio aqui para levá-la embora, não foi?

Não respondo, porque só me dou conta de que é isso que preciso fazer depois que ele fala.

Você tem aquele rosto, sabe, ele diz. O rosto de um homem com uma missão. Além do mais, ele prossegue, o horário de visita já terminou, e seu rosto finalmente se abre em um sorriso.

O quarto de Phoebe fica em outro corredor e eu teria passado dias procurando por ela se tivesse seguido meu plano original de experimentar todas as portas. Fazemos um trajeto em semicírculo para chegar à outra ala e evitar a recepção.

Bom, aqui está, ele diz, quando paramos na frente de uma porta exatamente igual a todas as outras.

Quer que eu corra lá para dentro e a pegue?

A animação brilha em seus olhos, e percebo que essa deve ser a melhor porcaria de coisa que aconteceu em sua vida em anos.

Coloco a mão em seu ombro e sinto que está respirando pesado, como se estivesse em uma porcaria de uma missão em Burma, e tento parecer o mais calmo possível quando falo.

Espere aqui e fique de olho e, antes que ele possa reclamar, abro a porta e desapareço lá dentro.

Assim que entro e fecho a porta atrás de mim, eu a vejo. Na verdade é estranho, não é nem um pouco como eu esperava. Nada cai do céu e nada dentro de mim se rompe. Ela está sentada na beirada da cama, com um livro do lado, aberto e virado para baixo, e parece que só estava esperando a minha visita.

Ela simplesmente ergue os olhos e sorri para mim através dos óculos, e diz:

Ah, oi, como se eu tivesse saído para comprar um maço de cigarros cinco minutos antes.

A porta que acabei de abrir era a porta do passado, e do outro lado encontro a mesma Phoebe que tinha deixado para trás. A mesma menina que eu costumava acordar no meio da noite. Aquela que sempre me matava. Só que agora ela tem cabelo grisalho.

Eu me sinto aliviado. Nem tinha reparado que estava nervoso até agora, e então me aproximo e me sento ao seu lado, e tudo realmente parece estar no lugar. Talvez seja verdade o que dizem, que entre irmãos essa coisa de tempo não existe. Ela tira os óculos e fica segurando-os. Reparo que já não se senta tão ereta, não como antes. Tenho um milhão de coisas para contar para ela, mas não consigo pensar em nenhuma neste momento. Pelo menos não em alguma coisa que seja certa. Então só deixo sair o que quer sair.

Lembra quando você me deu o seu dinheiro do Natal para eu fugir para a Califórnia?

Phoebe assente com a cabeça imediatamente.

Fiz a mesma coisa outra vez, digo. Não o dinheiro, quer dizer, não preciso de dinheiro, completo. Não foi por isso que vim aqui.

Phoebe assente mais uma vez. Parece que as palavras não são necessárias entre nós. A boa e velha Phoebs.

Daí ela me mata. Quer dizer, ela me mata de verdade, porque sua pergunta dispara pelo quarto feito uma bala perdida.

A mamãe e o papai sabem?

Ela olha para mim com preocupação genuína, da mesma maneira que costumava olhar quando era pequena e me via fumando ou fazendo alguma outra coisa sem noção. Em uma fração de segundo, aquelas palavras me enchem de tristeza.

Você sabe que eles se preocupam, ela prossegue, de você ser expulso da escola e tudo o mais.

Reconheço que é a curva mais fácil de fazer, que vai dar na avenida mais larga, mas não sei bem se é a atitude certa a adotar.

Não vou, eu digo. Prometo que não vou ser expulso da escola outra vez. Só não conte para a mamãe e o papai, certo?

Um peso sai do seu rosto, e é um rosto marcado por mil cânions minúsculos. Ela suspira e de repente age como se fosse a irmã mais velha e só estivesse brincando comigo desde o começo.

Não conto, eu prometo, ela diz.

Algumas mechas de cabelo branco se esgueiram por trás do cabelo cinza-aço.

Conte uma história para mim, ela diz, e chega mais perto, de modo que nossos braços e pernas se encostam.

Reparo que ela ainda tem cheiro de menininha. Sentados juntos assim, pertinho, somamos cento e quarenta anos de pele e osso. Por um instante, sinto a tristeza dentro de mim se agitar e me concentro na história. É aquela que fala dos patos que são surpreendidos pelo frio repentino do inverno e todos ficam presos, congelados no lago quando a água se transforma em gelo. A única maneira de eles saírem de lá é voar com o lago inteiro preso às patas e pousar em algum lugar quente. Então é o que fazem, e o lugar que antes era um lago se transforma em um vazio, e o lugar em que eles pousaram vira um lago.

Quando termino, olho para Phoebe e vejo que ela fechou os olhos.

A porta se abre um pouco e ele deve estar agachado, porque só vejo a parte de cima de sua cabeça.

Como está indo?, ele sussurra, e aquela cena é tão absurda que preciso morder a língua para não dar risada: eu aqui com a minha irmã, prestes a roubá-la da casa de repouso com a ajuda de um velho veterano de guerra.

Phoebe, eu digo, pegue o seu casaco. Nós vamos embora.

Eu me levanto, mas Phoebe não se mexe e me lança outro olhar preocupado.

A mamãe e o papai estão dormindo, eu digo. Eles nunca vão descobrir, eu prometo. Agora, vamos.

Não tenho certeza se estou fazendo a coisa certa. Aliás, não acho que algum dia tenha me sentido tão inseguro, mas agora é tarde demais para desistir.

Caminhamos pelo corredor sem fazer barulho, parando para olhar em cada virada antes de avançar. Às vezes parece mais que estamos fugindo da Rússia da Guerra Fria do que de uma casa de repouso. Quando chegamos à recepção, Phoebe e eu nos esgueiramos para fora pelas costas de Hemingway, enquanto ele distrai a moça no balcão.

Ele nos alcança quando começamos a descer a colina e dá para ver que está animado.

Estamos conseguindo!, ele sibila por entre os dentes. Estamos fugindo!

Uma alameda de carvalhos nos rodeia do alto e ele caminha na nossa frente em ritmo acelerado, colina abaixo. Phoebe caminha quase encostando em mim e não parece mais preocupada. Acho que é mais porque ela não sabe o que está acontecendo.

Não se preocupe. A mamãe e o papai não vão descobrir, eu digo, só para garantir.

Paramos na beira da estrada e esperamos, e, quando o ônibus chega, vem em alta velocidade e para, levantando uma nuvenzinha de poeira. A porta se abre com um chiado e empurro Phoebe escada acima, na minha frente. Antes mesmo de ele dizer, já sei o que vai acontecer. O tapinha no meu ombro já basta.

Eu... eu não posso, ele diz e arregala os olhos cheios de tristeza para mim.

Dá um passo para longe do ônibus e me lança um sorriso acanhado.

Tudo bem, eu digo, e aperto sua mão antes de embarcar.

Nós nos arrastamos pelo corredor e nos sentamos para poder acenar uma despedida para nosso amigo. Eu o vejo no pé da janela, novamente apoiado em cima de sua espingarda invisível. À medida que a velocidade do ônibus vai aumentando, ele vai ficando cada vez menor, até se tornar apenas um ponto entre muitos, deslocando-se vagarosamente colina acima, provavelmente pela última vez.

Não acontece nada durante a viagem de ônibus. Phoebe cai no sono apoiada no meu ombro e, quando me endireito, ao nos aproximarmos da rodoviária na Filadélfia, ela acorda. Reparo que os lóbulos de suas orelhas estão enrugados e imagino minha irmã há sessenta anos, e sinto que minha vida é um círculo, que está me levando de volta ao início. Entramos na rodoviária com passos sonolentos. É de noite e muita gente está por lá, esperando ônibus para ir a lugares. Nós nos sentamos em um banco e vejo o mostruário de revistas atrás de grades abaixadas. Depois de um tempo, nosso ônibus estaciona e as pessoas saem aos montes de dentro dele e vão para carros e táxis que as esperam, e então embarcamos.

Pegamos os dois assentos bem na frente, logo à direita do motorista. Phoebe está cansada e eu também, mas não consigo dormir, apesar de querer. Lá fora está escuro como breu, e o ônibus murmura e abocanha com muito apetite as faixas brancas que correm na nossa direção. Fico olhando fixo para elas, uma após a outra, até finalmente conseguir fechar os olhos.

Phoebe, eu digo, e me sento de supetão e sacudo seu ombro.

Ela ergue a cabeça e por um breve momento parece não saber onde está. Então, solta um grande suspiro.

Achei que tivesse sido tudo um sonho, diz, no meio de um bocejo que alisa temporariamente suas rugas.

Ela enfia a cabeça embaixo do meu braço e se aperta contra mim.

Preciso falar com você sobre uma coisa importante, digo.

Olho pela janela atrás dela e vejo o reflexo de sua cabeça. Ao fundo, sombras escuras passam em um borrão.

O que foi?, ela pergunta, e na verdade não sei por onde começar.

Fico observando-a, não diretamente, mas pela parte de trás de sua cabeça no vidro, e sinto seus olhos no meu rosto, como as mãos de um homem cego avançariam para sentir o contorno e a forma. O murmúrio do ônibus preenche o espaço silencioso do fundo.

Sinto muito, é a única coisa que consigo dizer antes de sentir as lágrimas chegarem, e, apesar de eu não prosseguir, sei que ela entendeu tudo.

Ela aperta meu braço com mais força, e escuto seu murmúrio enquanto fala.

Sabe, ele costumava me ligar para falar disso e daquilo, e independentemente de onde a conversa começava, parece que sempre acabava em você. Ouço a respiração de minha irmã entrar e sair. Ele amava você e eu também amo, ela diz. Sempre amei.

Não olho mais para o reflexo; agora encaro minha irmã diretamente. Em seus olhos úmidos vejo um velho olhando para mim, e neste momento, por um segundo, ou talvez sejam minutos, tenho certeza de que na verdade não sei quem ele é.

Depois de nos abraçarmos do jeito que apenas um irmão e uma irmã podem se abraçar, me endireito e enxugo a última lágrima. Olho para ela de novo e me sinto recomposto. Momentos depois, sinto a coisa se esgueirando por minha espinha, e sei que em segundos vai estar na minha cabeça.

Preciso fechar os olhos por um segundo, me ouço dizer, e, assim que minha cabeça encosta no ombro de Phoebe, tudo fica preto.

22

É tarde quando chegamos a Nova York. O pretume ao redor parece bem mais preto por causa de tanta luz quando descemos do ônibus, e chafurdamos por poças de néon para chegar à Times Square. Quero achar um lugar para passarmos a noite e vamos direto para o Marriott, que é o primeiro hotel que avistamos.

Há alguma coisa no porteiro que me parece familiar, mas não consigo descobrir o que é. Phoebe está meio dormindo pendurada no meu braço enquanto a conduzo para o elevador, e a última coisa que vejo quando as portas deslizam para fechar é o porteiro, vagamente familiar.

O cartão-chave entra na fechadura, faz um *bip* e abro a porta. Na hora vejo que há alguma coisa errada. Vejo alguns balões perto da janela bem na nossa frente e uma faixa enorme pendurada, atravessando o teto. Talvez tenham nos dado o quarto de outra pessoa. Não sei se Phoebe já reparou em alguma coisa, então lhe dou uma pequena cotovelada para acordá-la. Estamos ali parados, olhando para o nosso quarto de hotel, e, antes que

eu perceba o que está acontecendo, um bando de gente pula de trás da parede, aos berros:
Surpresa!
Estão todos ali. D. B. usa uma gravata-borboleta e Molly soltou o cabelo, que enche o quarto todo. Alguém dá voltas e mais voltas em um triciclo e vejo que é Allie. Ele pisca para mim e faz uma bola enorme de chiclete sem nem diminuir a velocidade. Entramos e vejo Charlie deitada na cama, vestida com o uniforme da escola, sorrindo acanhada para mim. Há amigos do passado, até do tempo de escola. O jovem Stradlater está em um canto com uma bebida na mão; ele também sorri para mim e ergue o copo em um brinde silencioso. Todo mundo sorri e usa um chapeuzinho de festa bobo na cabeça, e uma parte do confete multicolorido que ficou preso nas cortinas se espalha pelo chão. Dou mais um passo e vejo meu filho em pé ao lado da esposa, e bem na frente deles há criancinhas. Parece que estão posando para uma foto de família. Avançamos mais para dentro do quarto e as pessoas vão abrindo caminho para passarmos, e em uma cadeira perto da janela vejo Mary. Ela está igualzinha ao que me lembro. Fresca como uma flor. Ergo os olhos e leio a faixa. "Feliz Aniversário", é o que diz, mas não sei se é para mim, para Mary ou para alguma outra pessoa. E, apesar de toda essa gente fazer parte da minha vida, me sinto deslocado.

Acordo quando Phoebe sacode o meu ombro. A primeira coisa que vejo é a luz fluorescente cor de mel no teto do lado de fora da janela, e sei que estamos de volta a Nova York.
De braços dados, chafurdamos por poças de néon para chegar à Times Square; durante todo o tempo, Phoebe fica bem per-

to de mim. Nós dois estamos absolutamente exaustos e entramos no primeiro hotel que avistamos, que por acaso é o Marriott. Há um rapaz atrás do balcão e, de longe, não há nada fora do comum nele. É Phoebe quem nota primeiro, e sinto a mão no meu braço se apertar. Ela nem precisa dizer nada, porque, àquela altura, eu mesmo já reparei. Atrás do balcão há uma cópia quase exata de mim mesmo há sessenta anos. Preciso desvencilhar meu braço, porque os dedos de Phoebe estão cravados na minha pele, e está doendo. Dou uma boa olhada em mim mesmo. Estou em pé atrás do balcão do Marriott da Times Square, usando um paletó azul-escuro, como se fosse a coisa mais natural do mundo.

Chego perto do balcão e meus olhos não o abandonam enquanto peço um quarto. Ele apenas sorri e aperta as teclas do computador atrás do balcão, e cada pelinho nele, cada movimento e cada vinco, sou eu. Ele me entrega o cartão-chave e meu dedo encosta no dele por um breve momento, e é minha própria mão tocando em mim mesmo. Dou meia-volta para ir até o elevador, mas preciso conferir mais uma coisa para poder ter certeza, e volto até o balcão.

Pode me dizer que horas são?, pergunto.

Observo sua boca com cuidado.

Ele separa os lábios, mas só para dar um sorriso, e aponta para o relógio na parede.

Tento mais uma vez, e agora pergunto:

A que horas servem o café?

Ele abre uma pasta e aponta para o horário onde está escrito "Café da Manhã", e estendo as mãos para agarrar a gola do seu paletó, e o puxo para perto de mim e começo a sacudi-lo para frente e para trás, para forçá-lo a falar, mas ele continua sem proferir nenhuma palavra e só fica sorrindo para mim.

Acho que minha mão não é mais tão firme quanto antes. Datilografo o que acho que é certo, mas sai uma coisa diferente. Mudanças de ideia, atropelamentos, misturas de personagens – que bagunça virou isso aqui. Estou tentando encontrar uma saída, um caminho direto que o leve de volta para casa, mas parece impossível. Estou velho demais para revidar uma briga, como costumava fazer. Estou velho e cansado e só quero dormir.

Esse mundo é tão maior do que eu imaginava a princípio, e não pode ser controlado, assim como qualquer outro. Nem tenho mais certeza se são mesmo lugares diferentes.

Estou no meu último pedaço de papel. Parece tão novo e branco na minha mão, tão vazio e inocente. Respiro fundo e o coloco na máquina pela parte de cima, da mesma maneira que fiz tantas vezes antes, e com muito cuidado avanço com o rolo até a posição certa. Pouso os dedos nas teclas e respiro fundo antes de começar. Por favor, não permita que eu escorregue.

Quando abro os olhos, vejo a luz fluorescente cor de mel e sei que chegamos à rodoviária. Phoebe está sacudindo meu ombro e ergo a cabeça que está apoiada no ombro dela. A lateral do meu rosto está molhada de saliva, e eu a limpo com as costas da mão. Tive mais um sonho, mas não lembro o que foi. Só sei que sonhei e que ouvi batidinhas no fundo.

Descemos do ônibus e chafurdamos por poças de néon para chegar à Times Square. Phoebe segura minha mão e caminhamos bem juntinhos, procurando um lugar para passar a noite. Nós dois estamos muito cansados e entramos no primeiro lugar que avistamos, que por acaso é o Marriott.

O porteiro me entrega o cartão-chave, e Phoebe está tão cansada que quase preciso carregá-la para dentro do elevador. Ficamos dentro da cabine lado a lado, apoiando o corpo cansado um no outro, e sinto seu cabelo em meus lábios.

Nada disso parece real, eu sussurro.

Phoebe abre os olhos e sorri para mim.

Nem sei por que eu trouxe você aqui, digo, e as portas do elevador deslizam e abrem.

Nosso quarto fica a apenas uns dois passos no corredor, e coloco a mão na maçaneta, e ela coloca a dela na minha, e por um segundo ficamos lá parados, olhando um para o outro, como se não tivéssemos certeza do que vamos encontrar do outro lado. Então, juntos, baixamos a maçaneta e entramos.

Quando acordo, vejo que o céu está bem azul. Phoebe já levantou e está sentada, debruçada por cima da escrivaninha perto da janela. Vou até ela e olho para fora. O dia está mesmo muito bonito; não enxergo nenhuma nuvem em todas as direções que olho.

Phoebe cantarola baixinho para si mesma de onde está sentada. Acordei com a sensação de que participei de uma espécie de corrida, atravessando um campo cheio de minas, e que cheguei ao outro lado a salvo. Vou tomar um banho e grito bom-dia para Phoebe lá de dentro. Abro a água, o que abafa seu cantarolar baixinho. Quando me visto, percebo que meu terno está começando a ficar com uma aparência meio besta, com amassados marcados nas costas, e a camisa tem uma linha preta no colarinho.

Quer tomar café da manhã?, pergunto a Phoebe.

Penteio o cabelo e vou até a escrivaninha para ver o que ela quer comer. Algo dentro de mim se rompe toda vez. Olho para baixo e vejo o desenho que ela está fazendo, de um gato e uma flor, e as cores do lápis de cera são bem fortes, e as palavras Mamãe e Papai estão rabiscadas por cima de duas nuvens espumantes ao lado de um sol sorridente.

Minhas pernas estão cansadas de tanto que caminhei ultimamente, e eu realmente quero tomar um táxi, mas por algum motivo não encontro nenhum na frente do hotel. Quer dizer, apesar de estarmos no meio da porcaria da Times Square, não consigo encontrar um táxi. Assim, começamos a andar. De todo modo, só fica a uns dez quarteirões, então acho que tudo bem. O dia está fresco, parece que acabou de ser lavado, e o ar é suave e gostoso. Phoebe caminha bem ao meu lado. Ela passou a manhã toda preocupada, e fico lhe dizendo que vou voltar para a escola direto depois do verão, mas parece que não adianta. Quando atravessamos a rua, Phoebe pega minha mão e eu deixo. Passamos por uma banca de jornal na esquina da 50th Avenue e sinto o ímpeto de parar. Já faz mais de trinta anos, mas ainda sinto a mesma coisa, ainda posso escutar Mary e Daniel entrando na sala com passos pesados, cada um segurando um lado do jornal para me mostrar a pesquisa mais recente, como se fosse ontem.

Espere um minuto, digo a Phoebe, largo sua mão e volto para comprar um maço de cigarros.

Phoebe não fala nada e continuamos a avançar. Agora já dá para ver o parque, como ele se espalha entre os prédios à frente.

Você não devia fumar, sabia?, ela diz, e sua voz se transformou em algo muito delicado e de menininha. Na verdade ela não está falando diretamente comigo, é mais uma afirmação, e deixo pairar no ar até evaporar.

É gostoso segurar o maço. Parece que minha mão se lembra do formato e da sensação da caixinha de papel quadrada coberta de plástico brilhante, e de repente sinto necessidade de acender um só para agradá-la. Removo o plástico e procuro nos bolsos, mas já sei que não tenho isqueiro. Phoebe parece muito satisfeita e nem me importo de não ter um isqueiro, porque ela voltou a sorrir.

Sei que em algum lugar dentro dela há um fio solto que não dá para ver de fora. Ele liga ou desliga, mas nunca dá para saber, de um momento para o outro, se está ligado ou não. Quando sentamos em um banco, Phoebe imediatamente começa a falar sobre patinar no gelo e como seria divertido, e que talvez algumas de suas amigas estejam no ringue e assim por diante. Escuto enquanto ela fala e vejo minha respiração escapar quase como uma nuvem branca invisível, e olho para as árvores ao nosso redor. Não sei o que estamos fazendo aqui, mas parece certo. Gente de bicicleta e patins passa na pista à nossa frente, assim como pessoas fazendo *cooper* e passeando com cachorros. Phoebe deixa as pernas penduradas, coloco os cigarros no bolso e me levanto. Estendo a mão para ela e novamente tudo se aquieta; o chão só treme dentro de mim. Sinto que minha vida é só uma história desgraçada, rabiscada em um pedaço de papel, e agora estou chegando perto do fim. Parece que estou no último capítulo de todos e ainda não faço ideia de que conclusão tirar de tudo isso.

Vejo aparecer em uma clareira e tudo me volta de uma vez só. Entramos na fila e há um brilho nos olhos de Phoebe, e sinto o mesmo brilho nos meus. Deve estar perto da hora do almoço, porque há carrinhos de bebê estacionados, todos juntos, perto de nós, e todas as mães estão na parte baixa, de olho nos filhos que giram e giram.

São todos os mesmos cavalos, os mesmos de sessenta anos atrás. Eu me lembro até em qual deles Phoebe andou naquele dia que fiquei olhando da parte de baixo, prometendo ser uma pessoa melhor. Será possível que a vida é só isso? Esse espaço entre uma e outra volta de carrossel? Aponto para o vermelho e Phoebe sobe nele, fico com o azul logo ao lado, e não preciso esperar muito para o mundo começar a rodar. Por toda nossa volta, há crianças agarradas a seus cavalos, sorriso no rosto de algumas, medo no de outras, mas luz nos olhos de cada uma delas. Phoebe se agarra a seu cavalo com mais força do que o necessário e arregala os olhos para mim.

Por favor, não vá para a Califórnia, ela diz, e olha para mim com uma expressão preocupada.

Sinto meu coração pular, mas, antes mesmo que possa prometer que não vou, que ela não precisa se preocupar, ela joga a cabeça para trás e começa a rir. Às vezes ela realmente me mata. Eu também começo a dar risada e, juntos, abrimos os braços e voamos pela pradaria.

Sinto o vento lamber a ponta dos meus dedos e a barra do meu paletó voa para o lado. Damos voltas e mais voltas, e o mundo logo fica desfocado, mas percebo que aqui é o único lugar de onde ainda podemos ver tudo com clareza. E, antes que eu possa fazer qualquer outra coisa, o mundo fica preto.

Ainda estou aqui, me inclino para frente e agarro meu cavalo com força. Atrás do pretume, escuto a música e o ar chiando pelas aberturas das minhas orelhas. Sinto a madeira entalhada sob os dedos, a mesma madeira que tantas crianças agarraram antes de mim. Percorro com a ponta dos dedos as artérias secas que se espalham pelo pescoço do cavalo, e a sensação da madeira me enche por dentro. Abraço o cavalo com toda a força e, mesmo no meio da escuridão, sei que tudo vai ficar bem.

É o fim. Só tenho mais um par de linhas para avançar depois disso, e não sei como consertar o que precisa ser consertado. Essas últimas palavras são para você, meu filho. Sinto muitíssimo por tudo. Saiba que sempre o amei e que você sempre vai ser uma parte de mim, independentemente do lugar onde esteja e do que lhe aconteça. Dei o melhor de mim e vou sentir saudade de você semp...

A primeira coisa que vejo ao acordar é o rosto de Phoebe, com expressão séria, perto do meu. Ainda estou agarrado ao cavalo e respiro ali mesmo por uns dois segundos antes de me sentar. Minhas mãos e meus braços doem e sinto um formigamento na base das costas. No meio disso tudo, percebo que Phoebe está chorando, mas sem emitir nenhum som.

Não se preocupe, eu digo, está tudo bem agora.

Passo a perna por cima do cavalo e fico em pé só para provar. Quando faço isso, Phoebe para de chorar, mas ainda está com cara de quem viu um fantasma.

De verdade, eu digo, está tudo bem.

Ela sussurra quando fala.

A sua calça.

Ela aponta para a minha calça com discrição, e, antes mesmo de olhar para baixo, sinto a quentura entre as pernas. Mijei na calça de novo. Nós nos apoiamos um no outro quando descemos, vamos para longe do carrossel e ficamos parados na cerquinha.

Não se preocupe com isso, Phoebe diz. Acontece o tempo todo onde moro.

Ela tira o casaco e amarra na minha cintura como se fosse um avental. Pego sua mão e tem alguma coisa dentro de mim que eu nunca tinha sentido antes. Alguma coisa está quebrada e não me sinto mais conectado ao chão. Meus tênis fazem um barulho de sugar a cada passo que dou, mas parece que meus pés não encostam no chão. Passamos por um *playground*, e perto da fonte vejo uma coisa amarela no chão. É tão perfeito, porque é o isqueiro perdido, e eu me abaixo e o pego. O maço que era novinho há tão pouco tempo agora está todo amassado e disforme; devo ter esmagado quando me agarrei ao cavalo, mas encontro um cigarro que ainda está inteiro e o tiro do maço. Phoebe fica olhando feio para mim de soslaio, mas está sorrindo e não diz nada. Com a mão firme, acendo e dou a primeira tragada que entra nos meus pulmões em trinta anos.

Está tudo bem?, Phoebe pergunta, mas não respondo de cara. Aperto sua mão e continuamos andando. Dou mais uma tragada comprida e encho os pulmões até a tampa de fumaça. Então jogo o cigarro no chão e solto tudo. No meio de uma enorme nuvem de fumaça branca, começo a dar risada.

Olho para Phoebe e não posso fazer nada além de rir. O último resto de fumaça sai em jato da minha boca, bem em cima do seu rosto, e dou risada. Meus sapatos cheios de mijo guincham a cada passo, e dou risada. Phoebe também começa a rir, e juntos damos tanta risada que paramos para sentar e recuperar o fôlego. Não tenho a menor ideia sobre nada e está tudo bem. Pela primeira vez, está tudo bem, e não conseguimos parar de dar risada.

Ouvimos os gritos das crianças de onde estamos sentados, e dá para ver o *playground* à esquerda. Atrás de nós há uma grande formação rochosa que surge do chão; parece uma versão em miniatura de uma montanha. À nossa direita, a pedra termina e o banco em que estamos sentados fica logo abaixo de sua ponta mais a oeste. É gostoso segurar a mão de Phoebe e, quando me reclino e ergo os olhos, vejo logo acima um pedaço de pedra que paira por cima de nossa cabeça. A superfície parece tão lisa e conhecida, como se fôssemos todos feitos da mesma coisa. Inspiro o ar profundamente para dentro dos pulmões. Onde estamos sentados, o ar tem cheiro de terra e pinheiro, e neste momento, apesar de estar sentado aqui com a calça molhada de mijo, não há nada no mundo que eu gostaria de mudar.

Ouço as crianças gritarem e as observo correr pelo *playground*. Elas realmente vivem em um mundo secreto e próprio. Tanto Phoebe quanto eu ficamos observando o *playground* e as pessoas em miniatura, com suas roupas coloridas, vivendo em um mundo em miniatura. Assim como os esquilos, o lugar das crianças é nos parques.

Logo abaixo de nós, duas crianças tentam escalar uma árvore, mas é grande demais para elas e só conseguem se erguer um dedo do chão antes de caírem para trás. Escuto o barulho que vem de tudo ao redor, do *playground*, da árvore, de cima, e é um tipo bom de barulho. Eu poderia passar o dia todo ouvindo crianças gritando e dando risada. Fecho os olhos e as imagino correndo umas atrás das outras. Tanta energia. Alguns gritos chegam mais perto, então se afastam, igual a uma respiração. Como se o parque fosse um pulmão gigantesco que nos joga todos para cima e para baixo.

Penso no parque, sou mesmo capaz de senti-lo em minhas veias. Aposto que meu sangue é verde. De repente, e sem pensar, minhas pernas empurram o banco para longe e me vejo em pé. Não é como antes, quando eu estava fazendo coisas sem saber por quê; isso aqui vem de outro lugar. Isso aqui vem do parque. Exatamente no mesmo momento em que me levanto, os gritos param e abro bem os olhos. Vejo alguma coisa no canto, um pontinho vermelho, e a única coisa que tenho tempo de fazer é erguer os braços com as palmas viradas para o céu.

Uma trouxa vermelha cai nos meus braços com um baque suave. É uma trouxa pequena, mas é mais pesada do que uma pedra, e caio para trás e rolo no chão. Folhas molhadas se colam ao meu rosto e percebo como seu cheiro é doce. Tudo está em silêncio, e olho para uma folha em especial, tão próxima do meu olho que sou capaz de enxergar suas artérias. Tento respirar, mas não consigo, e tudo está em um silêncio mortal. O mundo está fechado em um saco à prova de som, e sinto o bom e velho pretume voltando. Duas vezes em um dia, algo que nunca tinha acontecido antes, consigo pensar. Alguma coisa no meu peito se move e, quando a folha cai do meu rosto, uma carinha está olhando para mim, mais surpresa do que assustada. Antes de tudo ficar preto, olho para seu cabelo loiro cor de palha e vejo que só tem dois dentes grandes na frente.

    Estou em um campo. O dia é cinzento, e apenas a ponta do capim se move de um lado para o outro com o vento. Parece que o solo está respirando. Não há nada aqui além de mim e o campo, e estou parado logo no começo dele. À minha frente, ele se estende até onde os olhos alcançam. Há alguma coisa que preciso fazer. Sei disso porque não quero fazer. Meu estômago está apertado e tenho medo. Só quando começo a correr percebo o que devo fazer. O centeio tem a altura do ombro e se abre para me deixar passar. Espigas soltas caem das hastes e grudam na minha calça e nos meus braços, mas não paro de correr. O céu é a mesma massa cinzenta que vi antes, parece estar à minha volta toda. Só há o céu e o centeio. Lá no alto o céu e, dos dois lados, o centeio marrom-dourado.
    Eu me inclino para frente e continuo correndo. Começo a suar e algumas espigas grudam na minha testa. Ouço as hastes compridas se quebrarem sob os meus pés e o vento soprar entre o mato ressecado pelo sol, quase como um sussurro. Sei que deve-

ria continuar correndo. É muito importante, e vou saber quando parar. O campo tem um cheiro doce de terra, e ouço o "ritch ratch" do centeio contra o meu corpo, e balanço os braços para frente e para trás à medida que ergo e abaixo as pernas. Haverá um fim quando tiver que haver. Simplesmente vou continuar a correr, preciso fazer isso.

Não estou cansado. Respiro pesado e ouço meu coração bater, mas não estou cansado. Continuo correndo. "Ritch, ratch, bum, bum." Não olho para baixo, só para frente e para cima. A única coisa que vejo é o centeio cor de mel-dourado e o céu cinzento. Então o centeio termina.

É muito repentino. Em um momento é um muro ao meu redor e, no seguinte, desapareceu. Não sei se cheguei a parar de correr ou não. Mas agora é tarde demais. Não há mais campo, só um espaço aberto. Caio para sempre, desabando no espaço vazio, e não sei onde é em cima e onde é em baixo. Só há céu cinzento, mas ele passa rodopiando com tanta rapidez que não consigo me concentrar. Meu estômago foi sugado e achatado contra a coluna, e eu só continuo caindo no ar, rodando e rodando.

Ouve-se um baque surdo quando chego ao chão. Uma sensação de propagação se demora no meu estômago, como anéis na superfície da água. Meus braços estão estendidos e meu rosto é velho e não tem nenhuma tira de capim grudada nele e, quando olho para cima, vejo a mim mesmo comigo no colo.

Tudo aqui é branco, menos as flores na mesa. As cobertas também são bem fofas. Imagino que não poderiam ser mais fofas se fossem uma parte nuvem, outra parte coberta.

Aqui deitado, posso escutá-los conversando no corredor, mas não consigo identificar exatamente o que estão dizendo. Olho para as coisas que passam flutuando; folheio as polaroides da vida. De verdade, é uma vida inteira de coisas.

Phoebe está em outro quarto no mesmo corredor. Ela veio aqui para cima comigo e ficou. Ela ainda vai e volta, mas as coisas são assim mesmo. O importante é que nunca mais vamos nos separar. Fiquei afastado demais das pessoas que amo, por tempo demais. Aliás, eu disse aqui em cima porque estamos nas montanhas.

Mexo os dedos, as mãos, as pernas e a cabeça. Tudo está funcionando como deveria. Eu me sento e saio da cama, atravesso o quarto e abro a janela. Sinto o ar frio lamber meu peito e volto a me deitar. Fecho os olhos e deixo a friagem atravessar o quarto, até chegar às minhas narinas. Mais do que respirar, sinto o cheiro do ar. Posso ir a qualquer lugar na terra, mas, depois desses poucos dias, sempre vou saber se é ou não o ar da montanha que estou respirando. Mesmo que eu esteja com uma porcaria de uma venda nos olhos.

Meu filho vem hoje. Ele vem de carro da Califórnia para visitar o pai. Respiro fundo mais uma vez e levanto.

É um dia sem nuvens. O céu é um campo infinito azul-claro, e um vento muito suave sopra. Aqui costuma ser muito parado, e hoje é a mesma coisa.

Estou em uma mesa escrevendo isto. Estou sentado aqui há várias horas. Da última vez que falei sobre isso para você, eu estava em um lugar muito parecido com este, mas agora estou conseguindo fazer do jeito certo.

Não tenho planos para escrever outro depois deste, então é melhor fazer certo.

Vejo quando ele entra pela porta de vidro e me levanto. Fico parado em um lugar na frente da mesa e não tenho certeza se devo me mexer ou não. No começo, ele não repara em mim. Estou em pé muito imóvel e o sol brilha atrás de mim, bem nos olhos dele. A moça sorri e aponta na minha direção, e então fico achando que é um bom momento para começar a andar. Não consigo descrever o que sinto. Nós nos alcançamos no meio do caminho. Ele é só um enorme sorriso, e eu abro os braços e avanço. Eu o acolho, e ele deixa. Eu o amo por muitas razões, mas uma delas é essa.

Ficamos assim, abraçados, durante muito tempo. Eu me sinto aquecer de dentro para fora e sinto meu coração como se fosse um animalzinho morando lá no fundo, dentro de mim. Cada pedacinho meu se aquece. Meu filho. É um abraço que compensa o tempo perdido. Não acredite no que podem lhe dizer; abraços são capazes de consertar aquilo que você acha que nunca pode ser consertado. Nossas lágrimas escorrem com facilidade, e são lágrimas sem dor.

Saímos para o jardim japonês. Estamos sozinhos, a não ser pelas duas carpas que nadam em silêncio no laguinho, como troncos mortos, empurrando uma ondinha de água à sua frente. Atravessamos a pequena ponte e nos sentamos um ao lado do outro nas pedras circulares. Ao nosso redor, o capim verde e alto canta em tom abafado, sussurrando enquanto falamos. Eu começo.

Pego a mão do meu filho e o olho bem fundo nos olhos. Agora atravessei o portão e nunca mais vou me perder. Depois que se atravessa, fica muito fácil, pode acreditar. Na verdade, só há um caminho a tomar.

A vida é bem difícil, sabia? Às vezes a gente acaba se sentindo besta, independentemente de qualquer coisa, mas você nunca pode se entregar. Nunca, jamais.

Ele tem os olhos de D. B. e olha para mim. Sinto o pulso de meu filho se fundir ao meu, e não temos pressa de chegar a nenhum outro lugar. Então, respiro fundo e começo do começo.

Eu já lhe contei sobre o apanhador no campo de centeio?